晚潮轻歌

汐语◎著

U0913786

中国文联出版社
http://www.clapnet.cn

图书在版编目（CIP）数据

晚潮轻歌 / 汐语著. -- 北京 : 中国文联出版社,2016.3

ISBN 978-7-5190-1223-6

Ⅰ. ①晚… Ⅱ. ①汐… Ⅲ. ①杂文集—中国—当代

Ⅳ. ①I267.1

中国版本图书馆CIP数据核字(2016)第052627号

晚潮轻歌

作　　者：汐　语

出 版 人：朱　庆

终 审 人：奚耀华　　复 审 人：柴文良

责任编辑：周小丽　　责任校对：刘　琴

封面设计：潘传兵　　责任印制：陈　晨

出版发行：中国文联出版社

地　　址：北京市朝阳区农展馆南里10号，100125

电　　话：010-65389141（咨询）65067803（发行）65389150（邮购）

传　　真：010-65933115（总编室），010-65033859（发行部）

网　　址：http://www.clapnet.cn

E - mail：clap@clapnet.cn　　zhouxl@clapnet.cn

印　　刷：中煤（北京）印务有限公司

装　　订：中煤（北京）印务有限公司

法律顾问：北京市天驰洪范律师事务所徐波律师

本书如有破损、缺页、装订错误，请与本社联系调换

开　　本：880×1230　　1/32

字　　数：70千字　　印 张：4.75

版　　次：2016年3月第1版　　印 次：2016年3月第1次印刷

书　　号：ISBN 978-7-5190-1223-6

定　　价：20.00元

版权所有　翻印必究

| 自序 |

窗

多日不提笔用中文写文章竟恍惚觉得有些许生疏，凝神细思，熟悉的记忆随着笔尖的流转缓缓流出，我抬头看向窗外，是完全不同于年少时郁郁葱葱的一座座平凡的小楼。天空，似乎不是如油画那样的蓝了，但我书桌前那扇承载我多少缤纷思绪的窗，依然还在。

年少时喜欢堆砌华丽的辞藻，来装点窗内眼前的小世界。简单到不能再简单的生活片段，微小细节，仿佛用精巧的文字就能把心里稚嫩的感情抒发出来。记得那时窗外是小学的操场，里面立着一棵高大的树，浓密的树叶一直绵延到我的窗前，尤其是在夏天，窗内是纸张和铅笔，窗外是一片片油绿，在阳光的照射下闪着光，一切都好像那么简单纯粹。

长大后更能明白情感的珍贵，朴实无华的言语更能体现行笔间文字的重量。不再着眼于眼前的一花一果，瞭望向窗外的远方来看待这个纷乱的世界。熙攘的人群中，每天都在发生许多或大或小的动人时刻，需要用心去感悟，用笔尖来思索，理性客观地去看待每一幕。或许现在的我，似乎仍处在假装成熟的年纪，也要等在未来，去体现更锋利的笔锋带来的思想的深刻。

生活是一扇窗，窗里窗外，是经历成长与岁月沉淀的我留下的不一样的印记。思想的厚度与深度仍在窗口磨炼，也等来年倚窗回首，看今朝回味悠长。

目 录

董小姐的故事

“喂，姐，你这周来不来？”

“唔，可能不行吧，下周有考试，周末作业也挺多。”我拿着电话，看着摊了满桌的卷子，感觉很为难。

“啊，姐你又不来？！都多久了，我还想让你陪我玩儿‘布拉布拉蹦’。”

现在正跟我通话的是吾家表妹，小我不到两岁，却一直幼稚得像个小孩子。

吾家小妹，人称董翰彤小姐，是我大姨家的闺女，喜零食，最爱薯片，但或许不及姥姥做的茄子土豆可人；喜玩闹，最喜小厨房，但或许不及演戏拍电影乐趣之十分有一……没啥主见，心眼儿极单纯；生性爱美，爱穿漂亮衣服摆 pose，最高理想是成为主持人。

吾家小妹董小姐爱吃姥姥做的茄子土豆拌饭是真真的。总记得几年前被妈妈“甩”出去到姥姥家住几周，每次到中午董小姐便吵着要吃茄子土豆拌饭，但也总不能天天吃，有时得幸，董小姐坐在屋里便会忽然站起来，吸溜着鼻子去厨房，然后就会欣喜叫声传来，声声入耳，隔一会儿坐餐桌上，属她吃得最欢，一碗又一碗。您还甭说，咱董小姐啥时候都还好（咦，好像不是，算了），就爱在吃饭时和我抢土豆，神马地三鲜，炖茄子一会儿就干剩下别的家伙了，抬眼一瞧土豆呢，董小姐的碗里摞了一大摞，自己埋在碗里吃得欢快。自此之后，每逢含土豆之菜，盘上必有“筷光筷影”，嘿你个小丫头片子，跟我抢食儿吃，我跟你拼了吼吼吼！

吾家小妹董小姐是个爱玩的幼稚小宝宝，您说，爱玩是孩子的天性，可这都多大了，12 岁了啊亲，肿么还叽叽喳喳地要玩小厨房，更可怕的是，您光自己不做饭，偏当服务员，换你借我整天趴那儿给你鼓弄些锅碗瓢盆，您觉得合适么！得得得，我也不说什么了，但我始终“耿耿于怀”的是董小姐对于玩儿表演的“怪癖”。董小姐喜欢玩儿演戏，这是我在绞尽脑汁想方设法终于让她离开了小厨房后新拟定的游戏。董小姐喜欢表演什么呢？演悬疑推理剧，请允许我特别指出，是福尔摩斯。演什么角色啊，福尔摩斯？ no no no, 你太天真了，董小姐的心思你别猜，怎么猜你也猜不出来，她演被害人……你没有看错，她还最喜欢演死掉了躺在床上一动不动的那段……那么我是谁？我是凶手及福尔摩斯……唉？好奇怪，为嘛我走了两个极端……通常我们只是演到发现被害人那段，为什么呢？因为董小姐闭上眼歪歪地躺在床上时，总是不安分，总是哧哧笑，然后嘎嘎笑直到满床打滚。在这个时候，我通常在想，我到底干了什么什么……

董小姐又是个没有主见的孩子，每次到外面吃饭，大人们问喝些什么时，这孩子就会笑眯眯地拉着我说：“和姐姐一样”。然后我就高兴地答道：“喝梨汁吧”，她也很高兴地，正想淡淡点头说好，突然又变了脸色，犹豫地开口：“要不还是桃汁吧，姐，你觉得怎么样？”唉，这倒霉孩子，枉我这么爱吃梨，唉！

董小姐臭美之名远扬已久。打小这孩子就爱漂亮小裙子和亮晶晶的“大挂饰”，串着珠子的，挂脖子上，到处晃悠。记得有一次我俩蹲一块儿搭积木，我们两个都小心翼翼的，生怕倒了的，怎奈这死孩子不知发了什么疯，忽地站起来，高兴地，不，可以说是雀跃地，说道：“我是美女，董大美女，啊！”言罢，还摆了个pose,然后……哗啦一声，积木倒了。我扶着额头默默无语，唉，臭美到这份儿，姐也就不说你啥了，只是，我颇有些哀怨地瞅了眼积木，再抬头和同样哀怨的董小姐大眼瞪小眼，咆哮道：“董翰彤，你个臭美自恋狂”。

唔，这样臭美的董小姐很不幸，在去年因为脑部发现水肿，做个开颅手术，需要剃光头发。不幸的董小姐很忧伤，我的头发啊啊啊啊！她事后跟我讲，在做手术的时候，她竟然没给麻醉睡着，反而一直是清醒着，听那些医生给她做手术的声音，听那些医生聊天的声音……听得兴致勃勃。我知道她肯定会为没了头发而难过，因为她让大姨给买了假发，但她每天对我乐呵呵的，跟我分享她的医院趣闻。看着她明媚的笑容，心里不是没有些苦涩的，我的傻妹妹哦！

看着吾家小妹董小姐现在乐颠颠地拉着小姨的儿子（三岁的小表弟）玩的时候，心里也有些触动，我那单纯幼稚的傻妹妹啊，如今也会照顾小弟弟了，正如我老半开玩笑地称她真是个称职的“baby-sitter”一样，董小姐，也是长大了……

这就是董小姐，贪吃的她，幼稚的她，傻呆的她，自恋的她，都在随时光流逝渐渐模糊，日后，好姐姐的形象逐渐鲜明起来。她的故事仍在继续，如今的她，也可称一声“慈姐了”！

嘿！我有办法了

我家有两只可爱的小仓鼠，它们分别叫童童和小穆。它们虽然毛茸茸的，很可爱，但是可有两个坏毛病：不爱洗澡和极度贪吃。

一天晚上，妈妈对我说："你的两只仓鼠实在太臭了！如果你今天晚上再不给它们洗澡，我就一定把它们扔了！"我听后大吃一惊，脸色变得很难看，心里像有"十五个水桶"一样，七上八下，心想：糟了，我可怜的小仓鼠，您老人家能不能赏赏脸，就配合我洗洗澡呀？不然，您们俩可就小命不保了！于是，我开始了"仓鼠保卫战"。

我来到笼子前，打开门，想去伸手把仓鼠抓出来。可是这两个小家伙好像知道我要给他们洗澡似的，一点也不配合，行动十分灵活，我始终都抓不住它们，反而把我的手卡在了笼子里。我好不容易才把手伸出来，气急败坏地叫道："气死我了，有你们好瞧的！"

我小心翼翼地将笼子门关上，坐在沙发上开始冥思苦想。有了！小动物都喜欢让人抚摸，那样在抚摸的时候，我就能把他们抓出来！于是，我又一次打开笼子门，开始轻轻地抚摸它们，一开始，它们还很享受，可当我猛然一把抓住一只的时候，没想到那家伙竟用尖爪狠狠地抓了我一下，就迅速逃跑了。我十分苦恼，望着正在拼命吃东西的小仓鼠，摸着自己手上被抓出的伤痕，有些沮丧了，不知道该怎么办了！

看着看着，我脑中突然一闪：我何不利用它们贪吃的毛病把它们引出来呢？对！就这么办！我先准备了一个高高的塑料桶，在里面放上小仓鼠洗澡的浴沙。然后，把桶放倒，在桶里放入几粒它们最爱吃的瓜子，准备就绪，就开始行动了。我把笼子门打开，就躲在一旁窥探。一开始，小仓鼠还没有什么反应，但是不一会，它们就被瓜子的香味吸引了，争前恐后地跑了出来，扑向瓜子，吭哧吭哧地啃了起来。看到这了，我立即将桶直立起来，哈哈，这两只贪吃的小仓鼠“扑通”一声，就掉进浴沙堆里，乖乖洗澡了！“啊，成功啦！”我高兴极了，大声欢呼着，雀跃着！

这就是生活中的一件小事，通过认真观察，冷静思考，我找到了解决问题的好办法，不仅把小仓鼠洗得干干净净，更重要的是懂得了如何去解决生活中的问题。

我喜欢的一种植物——三色堇

我喜欢的花是百合花、铃兰花、三色堇，但我对三色堇似乎更加偏爱。

三色堇有三片花瓣，每片花瓣有三种颜色，也有三种样子的三色堇，有人称它为老虎脸，有人称它为花蝴蝶，而我称它为“小花猫”。

三色堇的颜色十分鲜艳，外观十分可爱滑稽。那黄色黄澄澄的，柔软而娇雅；那白色如同白雪一般白，洁白可人，仿佛快乐的白衣天使般衬托着那花瓣里的紫色，显得格外耀眼；那粉色嫩嫩的，柔柔的，好似一位高贵典雅的公主，亭亭玉立飘飞在那又细又短的绿架上跳着动人的优美的舞蹈。

我不光喜欢三色堇的美丽，它还有一种顽强的生命力的精神。它不畏严寒、不怕酷暑。在寒冷的冬天，下着厚厚的白雪，北风呼呼地吹着，可它依旧冒着寒风顽强地生长着，在那一望无际的雪中绽放着那艳丽的笑容。在炎热的夏天，在酷烈的阳光照射下，别的花已经显得慵倦无力了，而它仍然精神饱满尽情地展示自己最好的一面，露出了它那可爱的笑脸，从不曾哭泣、休息。三色堇一年四季绽放着，欢笑着，它的乐观豁达坚强影响了我，它的美丽愉悦了我。

我真想为它唱一首赞歌！

一个美丽的地方

北京有四个祭拜的古坛——天坛、地坛、日坛、月坛，其中，天坛最为出名。我来为大家讲述这美丽、闻名的天坛。

走近天坛的大门，我们可以看到大理石路两旁的苍松翠柏。它们高高的，树干粗粗的，叶子很大很大，两旁的树枝可以遮挡住那瓦蓝的天空；叶子很绿很绿，在暖洋洋的光芒下，显得格外美丽；叶子尖很细很细，仿佛一根根翠绿的细针，扎在枝头。

穿过这绿色的林荫大道，我们就看到了大广场，那里有一些盛开的鲜花，各个千娇百媚、鲜艳无比；争奇斗艳、笑立枝头；小巧纤细，奇香满园。那雪白的梨花，水灵灵的，娇嫩嫩的，一个个吐露出那白灿灿的乳白色的花瓣来。那秀丽的兰花，有的像鸟儿悬立枝头，有的像一个个刚出生的婴儿，脸蛋红红的，十分害羞的样子。

天坛有一棵举世闻名的古树——九龙柏。这棵古树已有500多年的历史了！这棵古树粗壮挺拔，傲然挺立于平地中间，枝叶繁茂，生机勃勃。最奇妙的是，这棵树树干上的凹凸不平，好像是九条长龙环绕在一起嬉戏、游玩。

天坛的树真是数不胜数！在一片广阔碧绿的草地，长着无数棵生机盎然的树木。有的粗壮挺拔，有的高耸入云，有的细得像一根低矮的电线杆，在那湛蓝的天空的衬托下显得无比美丽。

啊，那美丽的苍松翠柏！啊，那一朵朵清丽幽香的靓花！啊，那一群群欢乐的小鸟们在枝头叽叽喳喳地舞蹈欢唱！啊，那美丽的地方——天坛，令我流连忘返！

一个美丽的地方——天坛。

一件感到羞愧的事情

我保证你无论如何也不会相信，在我六岁之前，我曾是一个在家里与大人争吵并不尊重老人的孩子，但是有一件事情彻底地改变了我。

那是一个阳光明媚的下午，我按平常应该在楼下院子里与小伙伴们玩耍，可奶奶今天偏不让，非让我在家里学习奥数。我是十二分的不情愿哪！我气呼呼地坐在椅子上，等待着奶奶的命令。奶奶不慌不忙地拿起奥数书给我讲题，讲了一道又一道，时不时问我懂不懂，我对她不理不睬，我的脸色也越来越难看。奶奶却装作毫不知情的样子继续讲题，在讲到第七题的时候，我终于忍不住了，大叫一声，十分生气地嚷："我一道都不懂，你非让我听这些无聊的东西，你真坏！我下楼玩了！"我腾地站起来冲出屋子，跑到楼下院子玩去了。当然，我并不知道奶奶内心有多么难过，她默不作声地离开了房间，到自己的床上沉思了起来。

晚上，妈妈叫我到房间里睡觉，装作不介意的样子给我讲了一个感人的故事：有一个男孩子，总是无端的乱发脾气，他爸爸告诉他只要发一次脾气，就往院子的篱笆上钉一颗钉子。男孩子满不在乎。渐渐地篱笆上的钉子越来越多了，男孩子十分羞愧。爸爸又告诉他只要每天坚持不发脾气，就可以摘到一颗钉子。男孩子十分努力，钉子一颗一颗地被摘掉了，他高兴地告诉爸爸。爸爸指着院子里的篱笆对他说："钉子虽然都拔掉了，但一个个的洞就留在篱笆上，留在了家人的心里面。"从此以后，男孩子再也不乱发脾气了。

听了这个故事，我十分羞愧，脸上火辣辣的，跑到奶奶面前对奶奶道歉，从此，我再也不乱发脾气了，我懂得了尊重人，学会了体谅人。

我喜爱的一种小动物

我喜爱的一种小动物是顽皮的小乌龟。

它们可真逗人！混身绿绿的，圆圆的小脑袋上长着一双黑乎乎的小眼睛，褐绿色的壳像它硬硬的房子，肉乎乎的身体上长着四只肉乎乎的小脚丫，在最后面长着粗粗的尾巴，那条尾巴像方向指导员似的神奇的控制着方向。

它们游泳的时候，身子一摇一摆地，脖子一伸一缩地，好像前方有怪物，不能快速游。

它们吃食物那会儿最逗！一伸脖子，一蹬腿，嘴巴一张一合！吃到哩！然后慢慢地游回原地，接着玩耍起来。

啊！你说小乌龟有趣不有趣呀！

早晨的味道

“一日之计在于晨”，一天的美好生活，从早晨开始。在早晨恬静的味道里，我开始了一天崭新的生活。

每天早上，都是不情不愿地被妈妈逼迫着从被窝里拽出来开始的。我睁开眼睛，嘟嘟囔囔地从床上坐起来，边揉着惺忪的睡眼，边磨磨蹭蹭地穿上衣服，心里盘算着怎么才能再睡一会儿而不耽误时间。就这样，一天的生活从此打开，时光定格，留下了一阵咖啡的味道——那是属于早晨的味道，虽苦，但圆润而浓香。

穿好衣服，推开门，走向餐桌，开始吃早餐。面对桌上妈妈早起准备的“标准早餐”——牛奶、鸡蛋、豆沙包，无言。边吃着早餐，边看着家里那熟悉的摆设，听着隔壁妈妈梳洗打扮和爸爸呼呼大睡的声音，心中不免漾起一抹温馨。品味着每天生活第一件值得高兴的事——早餐，品味着家的美妙，品味着早晨的味道。那像一杯甜甜的热热的，溢着香气的蜂蜜，从口中滑向心中，温暖了一天的生活。

待吃完早餐，梳洗完毕之后，便要去上学啦，踏出大门，沐浴着清晨的阳光，享受着清爽的微风拂过脸庞，扬起发丝，挠得脸痒痒的。岁月静好。上车后，耳边响起收音机里“先听为快”的招牌节奏，又听见里面播出一首又一首的歌曲，或火爆，或悠扬，或潮流，或怀旧，那样的一首又一首歌回响在车内。我跟着音乐轻声哼唱，看着窗外一闪而过的风景，感觉有早晨的味道在心头。那是一杯清凉的果汁，凉爽的，舒适的，酸甜的味道在嘴里，也在心里。

早晨的味道是如此美妙，像咖啡，像蜂蜜，像果汁，有的苦，有的甜，有的酸，但无论如何，早晨的味道永远也都是恬静的，放在心里的味道。

到校了，该下车了。我打开车门，带着这份恬静的属于早晨的味道，开始一天崭新的生活。

奇形怪状的热带水果

今天，一位阿姨送来一箱热带水果。热带水果就是来自南方热带地区的一些水果，它们奇形怪状，味道甜爽，各自都有一副怪模样。

先来介绍一下红毛丹。它呈圆球状，类似于小形的榴莲，但它的“头发”嘛，确实太长了，该剪剪了！当然，气味以及味道可比榴莲强多了！红毛丹的味道更像荔枝，爽口甜蜜。

再来说一说山竹。山竹是一个球体，黑咕隆咚的，像个黑色的圆石头。瞧瞧果肉，掰开像一块块大蒜瓣。啊！这山竹吃起来甜甜的、粘粘的，很好吃。

还有一些大家常见常吃的热带水果，如：酸甜可口的芒果、脆生生的木瓜、美味的椰子、嫩嫩的荔枝、刺手的菠萝……

在箱子中，还有几个不常见不常吃的水果，所以我不了解它们，以下是我查找的资料。

先讲讲番荔枝。番荔枝这水果不仅名字奇妙，样子也很奇特。它长得像个菜花，全身都是凸出来的鼓包。味道清甜爽口，但是籽多，吃一口就会吐出一个籽来。

再说说洋蒲桃。它的外形挺像喇叭花的，气味淡香，吃起来味甜，而且营养丰富，可以治咳嗽、哮喘病。

来瞧瞧番石榴。它是个很像瓜的一种水果，肉汁丰富，味道香甜，清脆爽口。

啊！箱子里奇形怪状的水果还真不少呢！当然，在南方还有更多呢，如黄皮、鸡蛋果、神秘果、小米香蕉……这些热带水果均长得奇妙，并且爽口舒心，非常好吃！！有机会，大家可以尝一尝哦！！！

坐快艇

暑假期间，我们在河南旅游，去了洛阳市和郑州市。这两个城市都非常美丽，还有着风景优美的旅游景区。我们还去了河南名山——云台山。那里空气新鲜，风景宜人，是个旅游的好地方！

我们经过了一个个瀑布，走过了一块块险峻的山石，看见了一条条清澈见底的小河沟，穿过了一片片小丛林，然后坐了一会儿巴士大车，来到了一个池塘边。在这池边有许许多多芦苇和狗尾巴草。在一棵枝叶茂盛的大树旁，立着一个牌子，走近一瞧，牌子上写着“快艇收费区”五个字。哦！原来在这儿可以坐快艇呀！爸爸看了牌子后，很兴奋地问我和妈妈坐不坐。妈妈同意了，我也赞成，但免不了有些害怕，而我很想试一试。

我们坐到快艇上了，等待启航。我好怕呀！太可怕了，生怕掉进水中淹死了，哆哆嗦嗦（全身的鸡皮疙瘩紧急集合）地看着工作人员准备开艇了。我死死地抓住扶手不放，脸色苍白，一直打着哆嗦。啊！“嗖”的一声开走了。我一下子感觉到了刺激和有趣，一阵阵风呼呼地刮着，从耳边拂过，吹着我的头发，使我的头发微微飘起，一阵阵凉气不停地穿梭在空中。一阵凉爽，一阵刺激，一阵喜悦，一阵胆怯。啊！哇！这快艇以最快速度急速转弯，水面立即掀起一层层水花，快速溅起，水溅到身上，使人感到凉爽无比……

下船了，我依然沉浸在刚才的快艇游戏中，真想再坐一回哟！我依依不舍地告别了快艇游戏区，告别了水库，告别了景色优美无与伦比、空气芳香、游人巨多的河南名山——云台山。

啊！云台山真美丽哦！我推荐大家都去瞧一瞧，走一走，玩一玩，坐快艇更好玩！

春来了

春风浩荡，春雨滂沱，春花浪漫，春光明媚，春色无边，啊！多么美好的春天啊！真是万紫千红，美不胜收。

春天，大地欣欣然睁开了眼睛。看，柳树露出了绿莹的芽苞；小草偷偷地钻出了小脑袋；花儿开了，散发出阵阵芳香，甜丝丝的蜜味，招来了一群群小蜜蜂，围着花儿打转转。

春风徐徐，它吹呀吹，吹醒了各种小动物，吹皱了河面。这是在告诉大家春天来了。

霏霏春雨，仿佛落叶一样轻，像针尖一样细，和丝线一样长，像用刷子刷过密密地向大地飞洒着。一阵冷风拂过，水面上泛起层层涟漪，一圈圈荡漾开去。这是在通知大家春姑已经苏醒，她已经下凡到人间。

春光灿烂，她暖洋洋地照亮了大地，照化了冬天那一片冰雪世界，铺上了生机勃勃，春意盎然的绿地毯，点缀上那宝石一样的花骨朵！

啊！春姑娘推走了冬爷爷，给予万物新的生命。春，来了！

心灵上的快乐公主

——读《海蒂》后有感

《海蒂》，一本传世经典。随着故事的跌宕起伏，让我感受到了一个小女孩的善心所能带来的极大魅力。

故事从遥远的阿尔卑斯山上开始，讲述了海蒂山上的生活，又被迫离家到法兰克福当陪读以及返乡的过程。她的姨妈把孤儿海蒂送到了山上的祖父家。这件事是令人担忧的，因为小海蒂的祖父阿尔姆大叔是一个脾气古怪的孤僻老头儿。可是没想到，在海蒂的感染与帮助下，祖父重新融入人群；放羊的彼得学会了读书；瞎眼的老婆婆对生活重燃希望；丧女的柯拉森医生重新找到了生命的意义；富家的瘸腿女儿克拉拉站了起来……

而文中最令我难忘的是这样一段：

"'那也不会有什么改变，我在这世上是再也看不见任何东西了。'老婆婆说。

"海蒂听老婆婆说得如此绝望，禁不住放声大哭起来：'就没有人能治好您的眼睛吗？'海蒂平时很少哭泣，一旦她哭起来，却也不容易停下来。"

海蒂是一个多么令人感动的小女孩儿啊！！！当她听到老

婆婆再也不能看到光明，再也不能像她一样看见这风景如画的世界时，她哭了，一贯坚强的她哭了。她为什么要哭呢？就只是因为一位与她初次相逢的老婆婆看不见了吗，而且她也习惯了的，为什么要哭呢？富有同情心的她为可怜的老婆婆而哭，这是一颗怎样纯洁的美好的心灵啊！以及下文的她坚信爷爷能治好老婆婆的病都显得那么诚挚、那么天真。

海蒂是如此善良，像天使一样将快乐带给别人，将别人的困难与痛苦视为自己的，为他人担忧，想尽办法去帮助。最终不仅是收获了成功后的快乐与喜悦，收获了别人回报给她的爱与关怀，同时，对心地善良的小海蒂来说，帮助别人收获的，更是一种无可比拟的幸福。这才是真正的财富，其实，海蒂就像是一位真正意义上的公主。这就像是《小公主》里的萨拉·克鲁。面对身份极大落差的巨大不幸，她却十分坚强，善良对待每一个人，仍然乐观笑对生活。最后获得了比原先更大的财富。这就是公主！哪怕在最卑微的时刻她仍然是公主！而海蒂也同样。拥有如此一颗美好的心灵怎能不是公主？！ 相比我们，或是说现在的人们，有多少能够为在街道上遇到麻烦的人们伸出一份援助之手？又有多少能够看见地下通道里跪伏在地上的人们而上前，给予一份微薄之力？为什么我们不能像海蒂那样、像萨拉那样做一位心灵上的公主或王子呢？想一想吧，只是很简单的。

《海蒂》这本书令我受益匪浅。是呀，要想快乐很简单，做一个像海蒂那样善良、淳朴、乐于助人的人就行了。实践吧，去感受一份善心所能带来的魅力吧。

那时的我

小时候的自己和现在比起来，可还真是变化颇多呢！那时的我，可是一个不折不扣的假小子。那些淘气的糗事简直数不胜数！但是，其中最令我记忆犹新的，仍是那件。

还记得那是一个阳光明媚的下午，妈妈在做饭，在厨房里忙得不亦乐乎，没人陪我玩，我自己便拿着那些积木自娱自乐。玩腻了，咣当一声推翻了积木，站起来，挺直了身子，围绕着面前的小餐桌打转。我东看看，西瞅瞅，对眼前这个早已生活了四五年的家开始“打量”起来。光盘架，电视，窗户，大高柜，沙发，洗衣机等等，洗衣机！洗衣机顶上敞开着（属于涡轮式洗衣机，其年龄比我都大，已下岗），没盖盖子，这对我来说是个不小的诱惑。我缓缓地向洗衣机走去，途中经过了一个小板凳，我把它抱起来，来到了洗衣机前。我将小板凳放下，抬脚踩了上去。呵！刚刚好！我心想。我将手撑在洗衣机边缘上，使劲，再使劲，奋力将一个膝盖顶了上去，脚踩在边上。另一条腿也往上抬，不停地使劲，最终，我光荣地站在了洗衣机上面！本想高举双手来个造型，后来摇晃了一下，差点栽下去，赶忙抓住洗衣机的盖子，顺势扑通一声掉到了洗衣机里面。我蹲下身子，躲在洗衣机里，和那不陪我玩的妈妈来个捉迷藏！

果然，过不了多久，我听见妈妈打开厨房门出来了。“小馋猫，吃饭了。”妈妈说。我的心像揣了个兔子似的咚咚直跳，非常激动，想象着妈妈找不着我的焦急样。“唉？这小家伙又去哪了？”妈妈的声音听起来有些着急，然后我听见了东翻西找的声音。“不在沙发底下……不在柜子里……不在旅行箱里……不在玩具堆里……唉？！千千！千千……”妈妈好像急坏了，这也该到我“闪亮登场”的时间了！

“妈妈，妈妈！”我叫道，在洗衣机里上蹿下跳，弄出好大的声响。“臭孩子，这次又跑到洗衣机里去了，罚你一周不许吃糖！”妈妈的脸从洗衣机洞口上方出现了，她伸出双手，把我拽了上来。妈妈刚把我放在地上，站稳，我就又急急忙忙跑掉了。

这件事情已经过去很久很久了，可现在回想起来，那时的我可真是淘气得“劣迹斑斑”啊！岁月磨人，留下遍地美好的记忆。是啊，现在的我可是再也不会干那样的事了，但每当想起来，还是忍不住哈哈大笑。

傲然顶雪花开时

如果说花在冬天盛开是件怪事，那么傲然顶雪的腊梅，就是一件最美丽的怪事。

仍记得那年冬天，窗外飘着鹅毛大雪，我欣喜若狂地冲到院子中，望着那一片厚厚的“雪被”，心中甚是激动，准备“大饱雪福”。跑到花丛旁的小台边，正准备伸手抓起一大把雪球，忽然间停住了。我的眼球被花丛中的一幕牢牢地吸引住了——从未见过开得这样盛的腊梅。

就像是国画大师笔下的一幅绝世大作，短粗的深棕色树干和树枝，上面缀满了大大小小的腊梅。它们就像是黄蜡刻的一般，仿佛只有沁人心脾的阵阵清香，才能证明它们是真的。那柔软的薄薄的花瓣好似透明的一般，就像是弱不禁风的黄色纸片。

哦不，它们不是弱不禁风的！由着小花往上看啊，小小的花头上，是一小团雪。那看似小小的一团雪对腊梅来说是多大的一份负担啊！而我们晶莹剔透的小花似乎不为所动。它没有被雪压弯了腰、抬不起头。它依然保持着它轻松自如时的姿态，昂起头，向着太阳，似乎在笑、在叫 :“无论多大的风雪，我也不会服输！”雪漫枝头，点点的黄色在一片雪白中清晰可见。

它们面对风雪，“亦悠然不动”；它们坚贞不屈，傲然挺立于风雪之间。腊梅冲寒而开，久放不凋，是群花的引领者。而腊梅也不负众望，这位引领者着实是开了个好头！开在岁首，让一年中的百花都以它作为榜样。对风吹雨打，电闪雷鸣的猛烈攻击不屑一顾，坚强地挺立在雨雪中！

每一朵腊梅都是一首美丽的诗，美在外表中——那么晶莹剔透，但更是美在精神中——迎霜傲雪。天气虽寒气逼人，但我的心里却暖暖的，这美丽的一幕在眼前挥之不去。从腊梅中，我们似乎能学到些什么。我永远都会记得这一刻——傲然顶雪花开时。

“无聊玩具”

对于这个题目，或许会有人很是不解。别急，请听我娓娓道来。

记得那是约莫六七年前的一个晚上，爸爸刚从美国出差回来，很是疲惫地把我叫到沙发旁，应我之求，从箱子里掏出一个红色的方书包，塞到我手里，说道：“给你的礼物。”那时依旧很贪玩的我一听，立马来了兴致，二话不说，一把抓过书包，蹦蹦跳跳地跑向自己屋，准备看看是什么有趣的家伙。

一进屋，我就一屁股坐在地上，小心翼翼地拉开红书包，哗地一下将里面的东西都倒了出来。“哦！好棒哟！是拼插玩具呀（就是乐高的拼插玩具）！”我激动地叫了起来。俯下身，对着这些乱成一堆的“小家伙”细细研究起来。有许多五颜六色的小方块，上面有四个凸出来的疙瘩，能让它与其他的小插件相互紧紧地扣在一起。我将小拼插件都扒拉开，从中找出了一个白色衣着的女孩，和一辆配着担架的救护车，又好奇地看看红书包，里面背景是一个医院的样子。看来，你是个医生了，对不对？我高兴地对那个“小女孩”说。我又兴致勃勃地去查看其他的东西，像一个好奇宝宝那样，将所有的东西都打量了个遍。然后，我将所有的东西都拼插起来，很快地，一个“医院”出现了。我将女医生放进“医院”里，开始自言自语地编起故事来。

渐渐地，我情不自禁地喜欢上了这个玩具，在我多次央求下，妈妈终于被我说服了，答应再给我买几套这样的拼插玩具。就这样，我的“拼插玩具家族”就壮大起来啦，从原来的只有女医生一人，发展至七人的一个大家庭。我对这个玩具爱不释手，每天都要玩上一次才高兴。以至于后来，妈妈已经处于极度厌烦的状态，就给它冠上了“无聊玩具”一名。不知怎的，这名字竟流传了下来，至今我提起它时，也会不由自主地叫这个对它很是贬义的名字。

“无聊玩具”承载了我童年的美好回忆，虽然名字说它“无聊”，但它可是“名不副实”的哦！

夏天

转眼又到了夏天。从窗外望去，正是一大片油绿油绿的树冠，随着风轻轻摇动着。

说到夏天，自是少不了清甜爽口的水果的。除了红瓤的大西瓜，白嫩的荔枝外，还有许多热带特有水果。记得当年家里有人送来的一箱热带水果，里面有好多长得奇形怪状的连名字也叫不上来的家伙。什么长着“长头发”的红毛丹啊，“喇叭花”洋蒲桃啊，像瓜一样的番石榴，味道都是极好的。最令我印象深刻的，还是番荔枝，长得像个菜花，又是淡淡的黄绿色，果肉也是很纯的乳白色，不仅闻起来有沁人的独特香味，放在嘴里细品，极尽香甜，并带清爽。唯一缺点就是籽多，吃一口吐一个。

夏天拥有的美，带有水果的甘甜，神清气爽。

又到夏天，和最好的朋友小耘一起在学校的大楼梯下面休息，图个阴凉。因为无聊，我俩就自编了游戏叫“布拉布拉蹦”。现在想来真是有趣，当时，我们每人准备了 3 根包装精美的铅笔作为魔棒，3 管彩色的荧光胶水，成为了我们的魔法补取器。犹记当年傻傻的，围着大楼梯下的柱子狂转到晕头转向地撞在柱子上，然后装模作样地摆弄一会儿在柱子上的假想探测仪，“鬼鬼祟祟”地在“火星”上散步，倒也能让我们玩出热火朝天来，想来热的不仅是天气，也更是一番情谊。

夏天拥有的美，带着友情的芳香，笑声朗朗。

再往小了去，也能勾起些夏天的回忆。冬天总说夏天最舒服，一到夏天才知道真苦啊！在外面疯玩，热得汗流浃背，趴在空调下吹风，望了望冰箱，冰淇淋一根也没有，全被吃光了，又懒得动，真没法，当时的我就无比地渴望“绿太阳”。小时候特别喜欢《种太阳》这首儿歌，这首歌是说种太阳来送给世界温暖，我那时就想，干吗不顺道种个绿色的太阳呢？红太阳那么热，如果有绿太阳，世界就会一片清凉。夏天的时候，绿太阳冉冉升起，把红太阳赶走，绿太阳看着人家美丽夏景，露出一丝微笑，生活也是如此美好。

夏天拥有的美，带着童年的纯真，回味无穷。

我在时光里奔走，从回忆中抬起头，窗外仍是那一头油绿油绿的树冠，在阳光的照射下闪闪发亮。夏天再美，也不及那些动人记忆，那是我从舌尖上、心头上、脑海中感受到的最美的盛夏风情。

雪满人间

雪，冬之色彩，冬之象征，冬之神韵，冬之灵魂。

一切都在悄然进行。雪静静地下着，伸出手捧起一颗小小的珍珠粒，细细观察，雪花是多么晶莹剔透，多么纯洁可爱啊。姿态万千的它们有的像盐粒，有的像棉絮，有的像鹅毛，有的像花朵。抬起头，眼前俨然是一条汹涌而下的雪瀑。鹅毛般的大雪纷纷扬扬地飘落下来，像是雪花仙子在空中跳舞，又像是一个淘气的娃娃，给房屋、树杈，甚至行人们的脑袋都戴了一个漂亮的白帽子。举目远望，调皮的雪花孩子在寒风妈妈的带领下，四处做客，创造了一个粉妆玉砌的世界。地上铺了一层厚厚的雪棉被，踩上去咯吱作响；雪花落在松树枝上，让松树穿上了一件崭新透亮的银色大衣。银装素裹的松树，在风雪中更加傲然向世人展示自己挺拔健壮的身姿；街道旁边的灌木丛在白雪的点缀下，都变成了洁白的珊瑚丛，就连平时看起来弱不禁风的腊梅，也毫不示弱，昂起头顶起那“威力无穷”的小雪团……这一切景象都使人感觉置身一个奇幻的童话世界，让人屏息静立，舍不得破坏这安静、优雅、梦幻的一幕，舍不得离开。

趣味横生的一课

今天的语文课，是趣味横生的一节课。我们沉醉在一件宫廷的骗局中，再享儿时睡前所能感受到的童话味道。

这节课的内容仍是安徒生老爷爷的《皇帝的新装》，继续上次的选拔赛，许多想参与竞争“老大臣”“官员”与“骗子”的同学都跃跃欲试。首先进行的是“诚实的老大臣”的选拔。随着“3、2、1，action！”的令下，一个又一个“老大臣”开了腔。有的音调高亢，有的音调沧桑，有的试图使自己显得愚蠢一些……骗子们的油腔滑调，与迫切希望皇帝相信自己的心态，在投入的同学们的表演下体现得淋漓尽致。随着演员一个接一个的诞生，大家都沉浸在一片欢声笑语之中，仿佛真的切身融入到了这个场景中，去切身体会每个人物的感情，去感受童话故事所能带给人的极大魅力。当演员们表演完毕时，王老师会带领大家讨论一下这个角色所应该有的性格与情感。这时，大家又会从喜气洋洋的气氛中回来，认真思考，然后“语出惊人”。这也算得上是“在玩中学”吧！

这一课，不仅趣味横生，让我们感受到了一种欢乐的气氛，同时也让我们边乐边学，知道了许多“人物背后的秘密”。

寒冷的一刻

时日已至冬季，煞是寒冷，而站在街边翘首以盼的等候固然不会是件舒服的事情。

家里请了一位小时工阿姨，每天她都会在公交车站接我回家。而由于放学时间的不固定，阿姨常常会在街边等上个一刻钟，才会看见我从公交车上匆匆忙忙地下来，阿姨每次见到我，总会立刻迎上前来，脸上挂着微笑，纵使天气再冷，她也没有过一丝抱怨。而今天，当我兴高采烈地走下车时，心里想：今天时间早，阿姨可不用受冻喽！然后向前一看，对面竟少了一抹黄色（阿姨的羽绒服颜色）。我东看看，西瞧瞧，发现周围并没有往常那个翘首以盼的焦虑身影，这才知道阿姨还没有来呢。我有些诧异，因为阿姨是从来不会晚的。于是我便走到平时阿姨站的地方，准备学一学阿姨的样子，切身体会一下在寒风凛冽的天气等人的感觉。

时间一分一秒地过去了，我凝望着远方的街口，一批又一批的人群涌了过来，我的目光一次又一次地在人流中寻找阿姨的身影，而却一次又一次失望地叹了口气。风儿完全没了春日里的轻柔，夏日里的暖意或者秋日里的凉爽，让人感觉那样冰冷刺骨，我不由得打了个寒颤。这风好像是在嘲弄我似的，嚣张地扑上我的脸。我终于体会到阿姨的那种“望眼欲穿”的心切之情了。

终于，一刻钟后，阿姨来了。在我看见那一抹黄色时，我心里不由得暗暗难受。的确，在经历这寒冷的一刻后，谁又能不感觉到一股痛上心头的内疚呢?

落寞的一瞬 & 沸腾的一瞬

今天，2011 年 12 月 19 日，星期一。很平凡的一天。没有什么能够惊天动地的大新闻，没有什么让人记忆犹新的大事件。只是一年 365 天中的再平凡不过的一天，却又有那么不经意的一瞬的沸腾，给了我心中的感动。

下午的广健课上进行了“笑傲江湖”比赛的表彰颁奖大会。当那张带有“沙场秋点兵”的比赛结果成绩前三名的幻灯片展现在全年级师生的面前时，我能看见周围同学陡然变得精神起来，一道道目光急切地射向屏幕，焦急地寻找“二班”的字眼。第一名、第二名、第三名……“唉，有没有咱们班。”我听见有的同学小声地嘟囔道。我虽然早已知道我们班不在前三名之列，可真当抬眼看见屏幕上赤裸裸地呈现出没有二班的光荣榜，心里还真不是滋味。

一张张幻灯片切换而过，终于到了最重要的时刻。带有“笑傲江湖”——包括“沙场秋点兵”和“华山论剑”两部分——成绩的前三名班级的幻灯片，随着翟老师敲击鼠标的一点，忽然地、毫无预兆地，就华丽地展现在了大屏幕上，展现在了全年级 460 余人的眼前。

剎那间，我想，在门外不知道的人或许还会以为是忽然间发生了大爆炸。当带有“笑傲江湖”成绩的前三名班级的幻灯片出现在大屏幕上的一瞬间，全班沸腾了。因为大家都看到了，看到了在第三名的后面，赫然写着两个字：二班！就像是疯狂了一般，雷鸣般的掌声铺天盖地而来。我环顾四周，欣喜地发现在座全班同学都洋溢着那样激动的笑脸，双手巴掌拍得倍儿响亮！只为我们自己的班集体，不一般！

那一瞬的落寞，那一瞬的沸腾，深深地打动了我。从这小小的一个神态，小小的一个动作，就能够看出，二班是团结的，有着很强的凝聚力，是一个积极进取的班集体！我与二班共荣辱，有甜一起品，有苦一起尝！

苦涩的一晚

夜色浓了，月光如洗，是多么宁静的一晚，有多少人沉浸在香甜的睡梦中，微微露出笑脸。而对于我来说，昨晚，却是苦涩的一晚。

昨晚，为了备战今天的生物期末考试，当脑袋兴奋地倒在软软的枕头上时，时间已不早，约莫有十点半多了。熄灯后，本来明亮的房间忽然就笼罩在了黑夜的袍子下。我长舒了一口气，心中愉快地想：做个好梦吧！可其实我料定这是不可能的。最近几天，我的嗓子不大舒服。前几天是嗓子疼，那倒好些，现在呢，是咳嗽，一咳嗽起来就没完，很是不舒服，以至于最后都有一种筋疲力尽、没气儿了的感觉。慢慢地闭上眼睛，让自己投入到一种“要进梦乡”的状态中去。没过一会儿，突然间嗓子就一阵难受，我就不由得张开嘴，“咳咳咳”的咳了出来。唉，今晚注定又是一个不眠之夜，我痛苦地想。时间一分一秒地过去了。窗外，是一个多么宁静美好的城市，而屋内，却时不时传来一阵阵痛苦的咳嗽声。睡觉前，妈妈让我把药喝了，我皱着眉抿了一口，嫌苦，不愿意喝，对妈妈说没事儿，妈妈也就妥协了。可没想到“报应”来了，这不，躺在床上辗转反侧无法入睡，不停地咳嗽，很是苦涩。

这一晚，不仅苦在嘴里——嘴里还带着药的余味，更是苦在心里。生活就像是“良药苦口”，总会有许多不适应、不愉快的事情，要经得起苦难，因为那才是对开拓未来新生活做好的药方。

童年在城南

——读《城南旧事》有感

《城南旧事》一书其实是几年前经妈妈推荐后看的。书中作者林海音儿时的故事，着实让人切切实实体会到一股童年的清澈气息，也让人感受到了老北京的味道。

《城南旧事》分六段，分别是《冬阳·童年·骆驼队》《惠安馆》《我们看海去》《兰姨娘》《驴打滚儿》《爸爸的花儿落了 我也不再是小孩子》。整本书记述了英子七岁到十三岁在北京城南的故事。先是与惠安馆的“疯子”秀贞交上朋友，又哪知自己最好的“苦命的”妞儿竟是秀贞父母当时扔掉的秀贞的孩子！后来英子生了一场大病，搬了新家，在那里结识了“草地里的男人”，兰姨娘。又和宋妈经历了找丫头子，痛失小栓子，最后她的父母去世，她开始担负起一个不是小孩子该负的责任。

文中我最难忘《驴打滚儿》那部分。宋妈与英子美好童年回忆也有着密切关系。宋妈无疑是位命运中有着凄苦磨难的人物。她虽是农村来的，到林家做佣（当然也是朋友），但却有着自己的尊严。在这部分中，当她得知她常叨念的儿子小栓子已经死了，女儿丫头子也被丈夫卖了去，心中固然难过！但也忍着痛苦跑遍所有北京的车马行，寻找丫头子，毫无踪影。从这一段，不仅能感受到宋妈痛失爱子爱女，更重要的是，她的那颗淳朴的对未来充满着希望的心。她为贴补家用，到林家做佣并与林家结下深厚友谊；她决心寻找丫头子，寻找的希望虽燃烧在宋妈心中，可茫茫人海中的寻找是注定要失败的；她最后与丈夫“黄板牙”骑着那头同样是黄板牙的驴回家，希望再生几个孩子。充满希望的质朴的宋妈就这样离开了英子的世界，她继续充满希望，面对终岁劳苦的奔波，面对生活中全新的挑战！

生活中有许多对生活充满希望又单纯质朴的人。现实中，那些失业的人，有些是垂头丧气，从此一蹶不振；但相反也有那些坚持不懈的人，失败了，叹口气，再次寻找新的机会，新的生活。希望只为那些坚持不懈的人而存在，希望之火只为相信它的人而燃烧。

城南旧事，旧事真情，真情童年，童年不返。看完这本书，我收获颇丰，感慨颇多。童年是那么短暂，又是多么璀璨呀！宋妈这个形象永远记在我心里，一位伟大的女性，平凡中孕育着不平凡，撑起了英子的世界。

我看邓稼先

这两天，我们在学习一篇课文，叫做《邓稼先》。老师为了拓展我们的知识，又给我们看了一部关于邓稼先的纪录片。看后，令我触动颇深，有了很大的震撼。

记得小时候，妈妈曾经告诉过我，“中国导弹之父”是钱学森。然后我就好奇地问她：“‘中国原子弹之父’呢？”妈妈就告诉我是邓稼先。从此，我的脑海里就印有了“邓稼先”这个名字模糊的影子。后来，在小学有一篇阅读，就是讲的邓稼先在戈壁滩上的那个故事，心里对他更是敬佩。这真是一个满腔热血、一心为国的伟人啊！我不由得感叹。

世上有那么多名人伟人，而邓稼先是最令人动容的那一个。在美国的普渡大学毕业后，他立刻回国，毅然决然地接受了我国核武器研究工作。为此，甘愿隐姓埋名几十年（31年），甚至在一年里连家都回不了几次。长年累月地在风尘弥漫的苍茫大漠上工作生活，而面对的又是许多那样繁琐的一遍遍的计算工作，数据要准确要精密，若是出了一点差错，都会酿成大祸。一个忠厚朴实的人，一生喜欢“纯”字所代表的品格。是怎样的性格，让他在自己做了这么大贡献之后，仍旧十分低调，默默无闻地不愿引起任何人的注意。是怎样的意念，让他愿以身许国，而在生命的尽头不忘叮嘱“不要让人家把我们落得太远……”我想，邓稼先他记得体贴妻儿，记得挂念父母，记得不让他人受苦，记得要让国家富强，但他唯独忘了，记得他自己。从戈壁滩上争辩那一幕就看出来了，执意亲自去寻找散落的碎片而不愿让他人代劳；从戈壁滩上用双手捧起碎片时就看出来了，他忘了强烈的核辐射将会侵蚀他的身体，会让他的生命提前走向尽头，他就这样做了，心中仍惦念人民与国家。

我想，虽然在那个年代，“邓稼先”这个名字绝对是陌生的，但我们可以说，邓稼先在现在和未来都会是最著名的，最耳熟能详的。请记住，“鞠躬尽瘁，死而后已”的邓稼先。

《孙权劝学》评价

闫子曰：孙权善识人，有知人之明，会从众人中选择那些易纳谏、坚持不懈且志向远大的人，来劝之学习。他身为吴国之君主，必日夜繁忙，自要处理国家朝政大事，但却仍不忘学习。在百忙之中，常读书，必已算是博览群书。他当然也不是光读而不思考的人，读后，也觉得获益匪浅。孙权是君主，但在劝学中，却丝毫没有端出君主那高高在上唯我独尊的架势；而且孙权自知自己的年龄比吕蒙要小，他便以一个与之地位平等的人的口吻，很亲切地、很有说服力地来开导吕蒙。这样吕蒙怎能再拒绝，必当有所悟，于是开始学习。孙权也知道，若是让一向是不读书的吕蒙一直的，并将书籍全都读得十分透彻，那必是不可能的。所以，他告诉吕蒙，只是粗略地读读，了解大概，知道书中的那些典故即可。可见他考虑之周到。

如此等等特点，造就了一代君王，使得他能与两位长他许多的，可谓老谋深算的曹操与刘备相抗衡，成为历史上浓墨重彩的一笔。

致妈妈的一封信

亲爱的妈妈：

母亲节，又是一个母亲节。曾有太多的人为歌颂母亲而花下不少功夫，用了浓墨重彩来将母亲——这个神秘的字眼装裱得更加光辉。

也曾有太多的时候，像是母亲节、新年又或是妈妈的生日，费尽脑筋思前想后，也只能用拙劣的画技和寥寥几笔文字勾勒出一张简单至极的贺卡。只有偶尔才能奉上更为新鲜的小礼一份。可我总是能看见这些小卡片、小礼品被妈妈收藏在一个抽屉里，而与之放在一起的，还有爸爸的毕业证、儿时的剪影。由于那时也只是很小，当时看后心中也没有太多的想法，只是好奇地拿出来，微微回忆一下。

曾有多少次被问过："在这个世上，你最爱哪个人？"也就有了多次不假思索地一扬头，说，"是妈妈！"先不说我有着"重女轻男"的思想，因为儿时的记忆中，爸爸总是很忙，早上他还未起床我已去上学，晚上我已睡觉他还未回家，所以在小时候的世界中最常出现的也就是妈妈那温暖的身影了。我忘不了那一幕，在楼下的大平台上，我与几个小伙伴玩耍，一瞥眼，瞧见妈妈出差回来走上平台，我高兴地冲过去，妈妈抱住我，给了我几块桃酥——妈妈去天津总不会忘了给我带回我最爱的桃酥，就像她至今给我剥荔枝仍不会忘却将核挖出来一样。在所有的人当中，唯有妈妈最懂我的喜好与习惯，就像她一眼能看出我所有的小把戏一样，她总是最了解我的，因为她已经把这些当做了她的生活的一部分一样。

事实上，我的妈妈并没有那一副“慈母”的模样，她很爱吃零食，比方说我要是抱着一包薯片在那儿优哉游哉地吃，必定有一只“魔爪”伸过来；再比如我们在吃咸鸭蛋的时候，她必定会挑一个大的自己吃得津津有味，她有点小孩的样子。仍记得有几次我走上楼梯，漆黑一片，正恐慌时，就听“嘭”的一声，怪叫的老妈从角落里蹦了出来，吓了我一大跳。

妈妈的工作并不是那样多，在家里也总是很悠闲的样子，拿着 ipad 上上网，浏览一会儿 55BBS 的最新资讯；记得有一次，我想让她帮我看看有没有卖假发辫子的，她说，“等过完今天吧，这个电视剧结束了我就有时间了！”我无语！

妈妈也很唠叨的！常言道：不唠叨的就不是老妈！这可是全天下妈妈的通病。近些日子她对于我学习方法的问题没少操心，用心良苦，每次她开口说话来教导我就能说个没完，真是令人敬佩不已！

我的妈妈年轻时候很漂亮（也不是说现在就不漂亮……），但毕竟岁月不饶人，妈妈也在渐渐变老，但无论如何，不管是细心的、贪吃的、唠叨的、耍宝的，只要是我妈，我就很爱她！

祝我的妈妈，母亲节快乐！

2011 年 5 月 13 日

你的女儿

摆 渡（一）

小船小船，摆渡你过坡旁涓涓小流；小船小船，摆渡你过心中滔滔大江。摆渡既可以是划在广阔的江面，也可以是飘在自己的心海。

犹记得前不久的那一天，和大姨、大姨夫、表妹一家，去丰台区新开的“欢乐水魔方”玩儿。一开始，我和表妹停留在离入口最近的那几个儿童区，做个小热身。表妹偏过头，看见不远处许许多多造型百出的水滑梯，便有些雀跃了。高兴地伸直了胳膊指向不远处的一座盘旋的紫色水滑梯，二话不说，立刻拉起我，把我火速拽了过去。刚才远处看不大清晰，凑近了看，可真是“不看不知道，一看吓一跳”！好嘛！这不是原来在水立方坐过的那一个嘛！当初还是被爸爸连拉带拖死乞白赖地拽上去的。一趟下来可真谓是魂飞魄散！所以我便有些踌躇了。心中的小船摇摇晃晃，不知是否要摆渡过岸，跨过心里胆怯的那道坎儿，穿越过浩瀚心海，来到成功的彼岸。

看着表妹转过身，手舞足蹈地叫嚷着要我跟上来，却又不好意思败了她的兴致。想了想，终究甩甩头，跟了上去。扛着充气水圈，一步一步地上了楼梯。到达了最高处，看着排在前面的成年人下去后，都是尖叫出声，这样又让我本就是忐忑的心情变得愈加不安起来。正犹豫着和表妹商量是否可以不坐这个滑梯，下去好了，一抬眼就看见表妹已经踏进了水圈，回过头来看着我，脸上丝毫没有犹豫的意思。表妹素来是胆大的，尤其这会儿情绪高涨，一副“就等你了 ”的架势，便让我刚溜到嘴边的话如数吞回到了肚子里。我一咬牙，随后踏入水圈，心想：“若是下去，岂不是得被人看不起！哼，豁出去了，小事一桩而已啦！ ”

听着管理人员认真地讲着注意事项，我心里像有一架小鼓似的，咚咚地敲个不停。然后便只感觉到小船渐渐地往下，突然，似乎垂直地滑了下去。我们不由尖叫出声。我感觉到我的身体似乎就要离开水圈了，手便紧紧地死死地抠住了水圈上的把手，直抓得手指生疼，终于滑到了滑梯中间的“漩涡盘子”。我松了口气，感觉这就像是经历了一场冲刺后的中间站，让人停下来歇歇脚。由于刚才一直在管道内滑行，现在我不由得感叹这重见天日仿佛恍若隔世一般，以至于等下一轮的短暂路程结束后，我仍觉得似乎缺少了些什么。

我忽然觉得，这小小的充气水圈就像心中的摆渡，水滑梯就像是心海，而心中的胆怯与懦弱就像是那道无形的心坎。乘着摆渡不一定就能穿越心海到达成功的彼岸，必须要有强大的自信心和那第一次的挑战。这样才能跨越心中的那道门槛，悠悠然地飘到对岸。回首，一片美好。

摆渡摆渡，承载你下惊险水道；摆渡摆渡，承载你过无际心海。乘着摆渡，心怀信念，才能到达美丽的彼岸！

光

岁月如光，一闪即过。没有什么留恋，没有什么不舍。可就在阳光璀璨的那一瞬间，我仍看到了，那份阳光璀璨的情谊。

那个冬天的夜晚，一切是那么寂静。已至深夜，月光如水，懒懒地倾泻下来，钻过那扇小窗，滑进屋里。我躺在床上，发着高烧，意识朦胧，忽然感觉有什么冰凉的东西敷在了我的额头上。我迷迷糊糊地睁开眼，看见妈妈手里拿着那条毛巾，还滴着冰凉的水珠。“你醒了，快，把这杯水喝了。”话音刚落，妈妈就拿过放在一旁的水杯，对着我给我灌了下去。水是热的，仍有些烫，但喝下去以后，效果可谓是“立竿见影”，额头上似乎立刻渗出了些许细细密密的汗珠。“出汗了？呀，那太好了！”妈妈伸手摸我的额头，颇有些欣喜地叫道。“来，妈妈给你擦擦身子，降下温。”说罢，又开始拿起旁边的湿毛巾，给我擦着脸。毛巾带着冰冷刺骨的寒意，抚过我的脸颊、脖子、四肢、腹部……

或许是老天有意，让我看看妈妈此刻的样子吧。就在此刻，窗户对着的那栋办公楼忽然射过来一股光，也就这么一扫而过，转瞬即逝。可是，已足矣。在那“阳光璀璨”的一瞬间，我看见了妈妈那焦虑的脸庞，一双大眼认真地盯着手中的毛巾，一点点地细细擦拭着。时光就像调皮的小孩子，不知不觉地爬上了妈妈的头发。我细细看来，才发现，妈妈原本乌黑的头发，悄悄地爬上了一根银丝。我抬起一只胳膊，缓缓开口："妈，白头发。""什么，白头发？！哪里哪里，快拔下来！"妈妈听后赶快侧过身来，偏过头，让我把它拔掉。"喏，在这里呀！"我探过头，将那根白头发小心翼翼地揪掉，递给妈妈。"唉，岁月不饶人，真是老咯！"妈妈装模作样地摇了摇头，我不禁被她那副看破红尘的表情逗笑，"扑哧"一声，笑出声来。妈妈看着我，也咧开嘴，笑了。

妈妈说"岁月不饶人"，这，真是对的。光阴似箭，就好像那一闪而过的灯光。来了吗？确实来了，来过了。在灯光璀璨的那一刻，妈妈脸上带着浅笑，温柔的话语，这一切让我感觉到她眼睛似乎熠熠发光，周围发出了母性特有的光辉。那份带着浓浓情谊的母爱化成了黑夜里的一束光，暖了我小小的心房。柔柔地，在我心中久久徘徊不去。当多少光阴逝去，至今，我仍然能记得灯光打在妈妈的脸上，所发出的光芒，就似乎要照亮了整个小屋。

当一抹光阴，一束灯光都纷纷逝去，我仍然能感受到，永远能感受到，那阳光璀璨的情谊——母爱，世上最伟大的情，久久闪耀。许多年后，回首人生，你或许会遗忘一切，但有些事，有些情，你永远忘不掉，其中，便有一个，是母爱那缕光。

走近媒体

2012年7月9日星期一，我们初一（2）班全体同学和柏老师来到了人民日报印刷厂、人民日报采编平台、人民网。一行下来，收获颇丰。

在人民日报印刷厂里，我们有幸亲眼目睹了报纸的印刷过程。听介绍，我知道了许多关于报纸印刷出版以前的许多不为人知的事情。看着那些印刷的机器，速度那样快，能达到每小时十余万张的速度，而一张张报纸，就是在这样飞速前进的过程中，诞生了。

我们后来又参观了人民日报采编平台和人民网，最后又在一个会议室里，听了崔汇嘉妈妈的介绍，了解了许多关于媒体的那些事儿。我以前只是知道，记者很辛苦，要跑在各种各样的街道中、城市中，甚至要跑在各种各样的国家之间。有了素材，或许就要马不停蹄地跑过去；若是哪里刚发生了危险，也要立刻前往尽情报道，但其实远不止这些。在开完选题会确定了要报道那些事之后，还要开几个人的策划会，商讨怎样去报道，然后再去采访，去写稿，最后还有排版。媒体是连接政府与民众的桥梁：将政府的新思想、新精神传给民众，并时时刻刻监督着政府。

事实上，媒体就是站在了时代的潮头上，发出了中国的声音。媒体推动了社会的进步：你看，从平面到电波到网络，无不是连接着社会的潮流，并与之俱进……所以说，干哪一行不辛苦？不过，媒体确实是个很辛苦的职业，可是有时还会遭人非议……

通过这次短短的 4 个小时的社会实践，我们走近了媒体，知道了许多不为人知的事情。拿着手中薄薄的一份报纸，心中不由得感叹：没想到一张小小的报纸，背后有着这么多故事啊。

雨中晴

早上起来，转头看看窗外，天晴、日暖、空气新、岁月静好，可又怎知，昨日的这里，正在天降暴雨，也让我们看到了雨中的晴天。

昨天下午 2 点，我和妈妈从姥姥家出发回家，路上已下起瓢泼大雨。天色已黑，雨声不断。豆大的雨点咚咚地打在车窗上，雨刷已不能保证车窗的清晰，行路时便是分外小心。窗外的车呼啸而过，溅起一片片水花到我们的车上，犹如一艘轮船一般，乘风破浪。在经过一个立交桥时，我看见一个身穿橙色的环卫工人，翻开井盖，蹲在地上，认真地清理着下水道……尔后不久，就已到家，便不知，夜晚的暴雨，更大，更惊心动魄，也在此时，上演了许多由“小人物”创造出的故事。

这是北京 60 年来最大的一场雨。暴雨连绵的夜里，有多少人彻夜未归，有多少人又流落街头。这是多强的一场雨，最深处已达 4 米，已造成至少 4 人的身亡。可这一场暴雨，有的不仅是阴雨与悲凉，更有在这雨中的晴，暖了多少人的心房。

“白颐路上一处排水孔被堵，一名清洁工人，跳进积水中，清理排水孔。”“本人公司有水有零食有电视有电脑……全部免费提供！……都是北京人就想做点儿自己能做的！……我会通宵守在电脑旁！不用跟我客气！”“一名警察对人群里喊道:‘谁来帮忙拉一把。’结果几十人冲上去……”“……每个井盖都有一名环卫工人把守，拿身体作警告标志，保障车辆和行人的安全”，数以千计的感人事件在北京的这个大雨滂沱的夜晚上演！同样是雨天，他们彻夜奋斗，保证了多少人的安全；同样是雨天，他们默默奉献，不计回报，让多少人获得了一片温暖。都是小人物，但是，在这个夜晚，大家众志成城，伸出自己的一只手，贡献了自己的一份力量，那，就不是小人物！一群被大雨淋透的交警，一群搭载路人的好心朋友，没有人知道他们的名字，可是，这个由暴雨主演的夜晚，因他们的存在，留下了一片晴天！

这一夜，天降暴雨。

这一夜，北京没有小人物。

这一夜，让我们看到了雨中情，雨中晴。

奶奶的“花衣裳”

夏天的时候，奶奶来北京，总会看见她穿着一件“花衣裳”，五颜六色，忙碌地穿梭在各个房间。

奶奶有好几套这样的“花衣裳”。夏天很热，这样的衣裳宽大而轻薄，穿在身上便是十分凉爽。“花衣裳”的棉布很软，很光滑，手感便十分的好，穿在身上也是非常舒服。最重要的是，这衣服还便宜，一套这样的“花衣裳”才 30 块钱。老年人都很节省，所以对于奶奶来说，这是最好不过的事了。方便、凉快、舒服、便宜，物美价廉。

奶奶和“花衣裳”也是“时代悠久”了。她告诉我，自她退休近 15 年来，一到夏天，她在家里都是穿这样的棉布衣裳，一共有 6 套，都是很便宜的，十分喜欢。所以每逢夏天，我就能看到奶奶穿着这样的“花衣裳”。

在厨房，能看到一个满头白发的老太太身着一件印着花的蓝衣在灶台前，一道道美味佳肴就在她挥舞的锅铲下诞生；在阳台，能看到一道红色的身影坐在窗户旁，面对着一件件衣服缝缝补补；在客厅，能看到一袭黄衣伏首在桌旁，拿着笔，目不转睛地看着前面的纸张，认真演算数学题（奶奶退休前是数学老师，数学自然是很好的！）……

奶奶的“花衣裳”经历了多年的风风雨雨，奶奶的“花衣裳”承载了多年的辛勤汗水，也记录了奶奶多年的开心时刻。

奶奶爱笑，我经常看到她坐在电视机前捧腹大笑。那时候的她，脸总是涨得通红，像熟透的西红柿。

奶奶也有许多业余的爱好。奶奶喜欢画画，工笔画画得尤为好。记得有一年，奶奶送我的生日礼物，便是她亲笔画的一张荷花。工笔画画起来也尤为费时，所以我可以想象得到，奶奶穿着她的“花衣裳”坐在桌旁，一笔又一笔地一丝不苟地作画。

奶奶的花衣裳，五颜六色；奶奶的生活，同样五颜六色，缤纷多彩。

金木水火土

五行

人人皆知，五行乃“金木水火土”，中国古代认为这是大自然的五项基本要素，它们在哲学、中医学和占卜方面很有作用。但是今天，我们来单独看一看它们各自的“本质”。

金——坚韧

金，五行之首，是人类最早发现的金属之一。

每当人们讨论到“金”，第一反应都是金色。没错，金光灿烂，闪耀时，便是一种极为炫目的美景，煞是好看。所以便有了“金子般耀眼的品质”，用此来形容那些高尚的人。

金，火不易溶，酸不易蚀，任你百般费力，我亦岿然不动（当然也是有办法的……），这足以体现其坚韧的品格。事实上，金在炼过后仍是那般美丽。那么“烈火见真金”即可来描写那些，经历了风吹雨打仍是坚忍不拔的人们。

金，坚韧的象征。

木——清新

木，林，森，回归到了大自然。

闲来无事，在一个风和日丽的日子里，来到户外走一走，何尝不是一件美事？尤其是来到一片树林中，深吸一口气，空气如此清新，生活多美好！

木，树木为我们打造了一片干净清新的环境，让我们随时随刻都能够呼吸到新鲜的空气。你想，若是整天在日常的工作和学习中，头脑已经忙得不可开交，又有空气来跟你捣乱，让你很不舒服，那该是多么难受。所以说，木，帮了我们一个大忙呢！

闭上眼睛，想象，四周树木环绕，在羊肠小道上张开双臂，奔跑，清新的生活，如此美妙。

水——温润

水，滋润万物，使其茁壮成长。

人生离不开水，水是人生活中最重要的。

清澈之水，最美。波光潋滟，一丝阳光倾泻在上面，随水波缓缓流动，让人不由想到，“水光潋滟晴方好”；忍不住轻轻触碰，漾开层层涟漪，岁月静好。

水是如此温柔，轻轻地，轻轻地流过，无色，无形，无影，带给人一种难以名状的享受，仿佛是流过了心田。

“水至清则无鱼”，其实再浑那么一点点，有几条游鱼，便是最好不过的了！

所以我要说，水，温温润润的，最美。

火——温暖

火，炎热，酷暑，盛夏。一连串的词就这样在我脑海产生了。

夏，其实是一个很美的季节。春还带着寒意，许多花还没有开；秋，余温未去，却是一片枯黄；冬，无尽的寒意。所以说，夏，很美，但是，很热，便有了许多人的不喜欢。

火一贯代表热情，但我却认为，火，很温暖。

当然啦，火用温暖来形容好像差得好多，火那么烫，怎么是温暖的呢？其实，要放在心灵上感悟，火，确实是温暖的。

冬天的冰寒无边无际，在此刻，送给你一把火，霎时就觉得很是温暖，不仅是身，更是心。

一个真诚的微笑，一个体贴的动作，便是火，能产生难以想象的成果；一丝火苗，就能化开整片心中的冰寒。

其实，夏天很美，因为有火。

有火的地方，才温暖。

土——稳重

土，大地，一直在你的脚下，稳稳地承载着世间万物。

它不受人重视，但它一直都在。

它，厚实而稳重。

松软的土，捧上一捧，有些湿润，手感很好。心情若好时，泥土便有芳香。故乡的土，能带给身处异地的思乡人一丝心灵的慰藉。

看一看脚下的土，在它上面踏过了无数的脚印，但它仍在那里。

土的稳重，让它见证了历史。

它，一直都在。

点燃精神圣火

——观“2012年第30届伦敦奥运会开幕式点火仪式”有感

历届的奥运会，总会带给人们极大的期待。毕竟是4年才会有的一次，所以便受到了全世界人民的强烈关注。而在其中，开幕式又是不可或缺的一个环节。开幕式中，最最引人热议、最最万众瞩目的便是当中的点火仪式和点火的选手。

“这一次点火的会是贝克汉姆吗？”“有人说是史蒂夫·雷德格雷夫爵士吧……”“上一次的北京奥运会是空中点火，这一次呢？”……

所有的这一切的一切，都无非是在讨论两个字：点火。

我自然也是十分的好奇，所以便在凌晨4点，被叫嚣不停的闹钟声吵醒，强打精神从温暖的睡窝窝中爬出来，“坚定”地坐在了电视机旁，观看伦敦奥运会的开幕式。

经过了文艺演出、运动员入场，主席致辞后，终于，终于便到了期待许久的点火仪式。

圣火由贝克汉姆开着快艇，一路划过平静的泰晤士河护送至正在举办奥运会开幕式的“伦敦碗”，随后，圣火被传递到了雷德格雷夫爵士手中。雷德格雷夫爵士从参与过奥运建设的500余名工人面前跑过，后将火炬交给了7名年龄均不到20岁的普通青年。7 名青年接过了火炬，向前跑动着，跑动着，并依此传递，最终的最终，来到了“伦敦碗”中央的大型钢架前——是的，我想所有人在此刻都想说那只是一个大型钢架，但我想，随后，都明白了，也都被震撼了。

不同于巴塞罗那奥运会的拉弓点火，不同于悉尼奥运会的水下点火，不同于北京奥运会的空中点火，在此刻，伦敦奥运会的点火仪式真正体现了英国人独有的创意与智慧。那大型钢架上装上了 204 朵铜花瓣，这 204 朵铜花瓣是在运动员入场式跟随各国运动员一起入场的，当时我们可以看到各国入场时，旁边都一个小朋友手捧着这个铜花瓣，便是用于此处了吧。这 7 名青年分别手持火炬，点燃了一枚铜花瓣上的小火炬，随后，这火便以燎原之势，迅速将旁边的一个又一个的花瓣点燃，由最外的一圈，逐渐，逐渐向内流动。这 204 个铜花瓣象征着 204 个参加本届奥运的国家，而这圣火，便是以这种姿态，从第一届雅典奥运会的 14 个国家，逐渐传播，在经历了 116 年的风风雨雨后，收获到了这样的成果，让奥运会成为世上最受人瞩目，最盛大空前的赛事。这火，不仅仅是奥运会的圣火，也是世界文化交流的圣火，是人类精神的圣火！

铜花瓣被全部点燃，这个原本不起眼的大型钢架绽放开来，像一朵闪耀的英伦玫瑰。“茎”在慢慢上升，慢慢合拢，逐渐汇聚成束，圣火，终于点燃，熊熊燃烧！在此刻，204 个国家同聚一堂，团结一心，这样，才能散发出最绚丽夺目的光辉！

我想，虽然这一次的点火没有那么高难度，但也着实是十分新颖独到的；虽然这一次的圣火不是由明星大腕来点燃，但紧紧扣住了本届奥运会的口号："激励一代人"。是啊，激励一代人，那么，便在这举行过 3 次奥运的伦敦，由新一代人点燃精神的圣火，塑造传奇！

笑容是生活的 VIP

太阳升起，睁眼，起床；天空渐黑，上床，睡觉。日子就这样一天又一天地逝去了，就这样，不知不觉地，慢慢成长。

记忆里仍有 3 岁时去黄山的依稀片段，傻傻地钻在按摩椅后面，寻思着是否有个人在后面动手动脚；还记得 5 岁在民族宫上和幼儿园的小朋友一起跳舞演出，回眸看见百忙中的爸爸竟抽出空来，端着相机站在台下心里的那份激动；还记得 7 岁在王府校园中院里排着队，笑闹着玩着“一米二米三”，渴望能当上“皇帝”的心境；还记得 9 岁时熬着夜守在电视机前，兴奋地看着奥运会的开幕式，苦等中国入场不得，最终竟是迷迷糊糊地直接趴在了沙发上；还记得 11 岁升入 6 年级，做操时看着那一片的“小 Baby”，心中的那份“沧桑感”；还记得 13 岁生日时心中难以名状的感觉，本命年这么快就过去了，13 岁，大姑娘了……如此等等，真是“往事不堪回首”啊！似乎昨日还在楼后的院子里看着几个大姐姐，心里想着自己什么时候年龄也可以是两位数呢，转眼，就坐在初中课堂里，头脑发涨地看着黑板上密密麻麻乱七八糟的代数式呢！

生命如同一辆列车，呼啸而过，没有掉头的机会，我们就懵懵懂懂地坐在上面，逐渐成长起来。路上有太多复杂的东西了，荆棘、峭壁、暴雨，看似美好的玫瑰也是带刺的。可是，要知道的，笑容是生活的 VIP，带上它，你将会便利许多，而生活，就因此而精彩。

俗话说“笑一笑，十年少”，生活如此美好，为何要哭丧着脸，想一些开心的事，你会发现生活变得更轻松了。初中生活到了，你会发现生活的节奏加快了，压力更大，考试多了，你不再是 9 点准时上床，可能是 10 点了。那么这样的话，日复一日，生活会变得愈来愈枯燥。我有一个习惯，那便是每天看几个笑话，捧腹大笑，感觉十分快乐。笑容是生活的调剂品。平日里，你并不觉得它的效果有多大，但是它已经在你不知不觉中，渗透了你的生活。

当你写了一项作业后，可以稍微休息一下，哪怕只是闭上眼睛，轻轻地靠在椅背上，这时，你会发现，你的嘴角会轻轻地有一丝丝的翘起（起码我是这样），脑海里再回顾一下几个笑话，或是记忆里依稀存在的几个小时候有过的糗事，有时候会觉得，哎呀，怎么这么傻呀！！！笑一笑，再看看面前的卷子，代数符号似乎也变得俏皮起来，勾勾嘴角，摇摇头，执笔，继续答题。你看吧，笑容是生活的 VIP，在你的生活中，它总是最优先的一个。

每天都很繁忙，为何要活得这么累？要去放松身心嘛！你或许会觉得，放松身心，说着简单，哪有那么多时间，来到外面大肆玩耍，让自己还像儿时那样自由自在。或许有时是可能的，但在日常的生活，笑容何尝不是一种放松的方式？微笑，扑哧而笑，前仰后合地大笑，笑到两颊发痛，笑到坐着的时候趴在桌上，笑到站着的时候不由蹲下，其实有时笑是没有理由的。记得有一次写完作业，头昏脑涨，走到客厅里，不知是奶奶的一句什么话，我突然就笑得蹲在地上了，妈妈一副莫名其妙的表情，让我更是想笑。我自称这是“狂笑症”，但其实，你要明白，笑容是生活的 VIP，有了它，其他神马的事呀，都要绕道了！

经常笑一笑吧，在初中的学习生活中，会辛苦许多，但是笑容是生活 VIP，让它久久常住，并不走，生活会轻松，头脑会清醒，学业自是不用说的了！

那么，快看，VIP 通道的贵客来了，还不快快欢迎！

“一切皆有可能”

——读《八十天环游地球》后有感

这些天在家闲暇之时，我读了一本叫做《八十天环游地球》的书，给我留下了极深刻的印象，让我终于体会到了“一切皆有可能”。

乍一看，这本书讲的应该会像那些普通的游记一样，会是饱览大好风光，讲述所见所闻的。其实则不然。这本书是由一个赌注——福格先生能否在80天内环游地球展开的。由于与牌友们定下了这个赌注，福格先生便与他的仆人路路通从伦敦开始了旅行，途中经历了大大小小的绊脚石，有人为牵绊——侦探视其为盗；也有自然因素；有自身的——路路通被人灌醉；也还有外界的；如此等等，但是最后，福格先生仍然获得了成功，在约定好的时间（一秒都不差），见到了他的朋友们。

80天环游地球这件事放在今天准保是小菜一碟，可在那个没有飞机的蒸汽机时代，这想法就未免有些荒唐。可是有人不信，那就是菲勒斯·福格先生。他就像一片平整的木板，十分刻板，所有的事情，包括时间，都掐得非常准确，要求一丝不苟，最喜欢说的词就是“按部就班”。除此之外，他还是一个极为冷静的人。他勇往直前，不畏一切困难阻挠，坚信能实现自己的目标。铁路中断了，有办法，骑着大象前进！赶不上船了，没关系，寻找其他小船，高价登船前进！暴风雨来了，不用停，顺风还能加快速度！印第安人劫火车，不害怕，直接上去与其搏斗……福格先生是如此执著，那一种“不达目标誓不罢休”的劲头，让我不由得心生敬佩。事实上，我想，通过这些事情的磨炼，福格先生还能坚持下去，实属不易。因为，一向严谨、办事从来周到的福格先生，竟然忘记了时差问题，他一直向东走，绕地球一周，看到了80次日出，而伦敦的人们看到的是79次，也就是说，他赚了一天时间！结果也就阴差阳错般的，赢了赌局！在发现这个问题之前，事实上，福格先生的表情仍和平时相差无几，波澜不惊。其实，福格先生打赌是为了荣誉，也为了证明科学正在发展，正在像他的旅途一样，前进！

福格先生的形象在我脑海里挥之不去。是啊，福格先生太崇高了，我们是不能和他放在一起去比较的。但无论如何，福格先生是人们心中的一个典范，一个目标，是值得我们学习的方向（不包括他的刻板）。以后，生活中要是再遇上困难，我们可以想：“生活在100多年前的人们面对那么大的困难都能勇渡难关，我还有什么可顾虑的呢？”

一部曾被搬上银幕并获得奥斯卡最佳影片奖殊荣的小说带给我的不仅仅是一个生动有趣一波三折的故事，更有一个生活中很少见的形象——菲勒斯·福格先生，是他以他那千年不变的冷静处事之风诠释了什么叫做“一切皆有可能”。

最悲情

脱靶，4.4 环，7.6 环，美国射击名将马修・埃蒙斯，堪称最悲情。

——引子

时光聚焦，2004 年雅典奥运会男子 50 米步枪三姿决赛，最后一枪，全场寂静，此时，马修・埃蒙斯前九枪领先对手 3 环之多，只要稳定发挥，金牌即到手。全球人的目光聚集在埃蒙斯身上，看见他瞄准靶心，手指一动，开枪——成功的 10.6 环！可是……是在隔壁选手的靶子上……金牌，擦肩而过。

4 年后，2008 年北京奥运会男子 50 米步枪三姿决赛，北京射击馆。

第一名的美国名将埃蒙斯领先第二名 3.3 环，最后一枪。

中国选手邱健超越乌克兰选手 0.1 环，各国选手已经打完，几家欢喜几家愁。

此时，埃蒙斯还没有开枪，毫无争议，他只要打出 6.7 环的成绩，就能顺利带走金牌。

计时快要结束，在全球人的目光下，埃蒙斯终于扣枪了。

是多少环？看向大屏幕——

4.4 环！这，怎么可能？！

悲剧重演，再次地与金牌失之交臂，无缘前三。

又四年，2012 年伦敦奥运会男子 50 米步枪三姿决赛，英国皇家炮团军营。

我坐在电视机前，紧张地，紧张地，看着比赛。

同样有中国选手，可我这一次，破天荒地，选择了支持美国——马修 • 埃蒙斯。

2010 年，他不幸被确诊有甲状腺癌，他去做了手术，切除了甲状腺，之后静心休养，逐渐恢复。当所有人都认为他不能再来的时候，埃蒙斯，再一次举起了手中的步枪，来到了伦敦的奥运决赛场。

只是，时光不再，他已不是当年的他了。

意大利选手尼科洛 • 坎普里亚尼，遥遥领先。

我看着埃蒙斯在第二的位置上，不由得十分着急。

可是，在第 7 枪，他打出了 10.7 的好成绩，我很激动，不由得高兴呐喊。

第 8 枪，10.6，“加油！”

第 9 枪，10.5，“好！”

此刻，已领先第三名韩国选手 1.6 环。

“千万不要再出现那样的失误了，只要平常的水平，就好了！”我早已按捺不住，跪在了电视机前，眼睛死死地盯着屏幕。

意大利选手已有着 5.8 环的绝对优势，哪怕只是 9.0 环，也金牌无忧；韩国选手，是 10.4 环。

“哪怕是 8.4 环……”话未说完，我便听见电视里解说员的声音 :“啊，这一枪埃蒙斯是 7.6 环……”我呆住了。

完了？这就完了？我还没看见呢，完了？ 7.6 环？

毫无疑问，埃蒙斯没有摆脱这一心理阴影，再一次，重大失误。

我心里是数不清的惋惜与遗憾，唉，他今年已经 31 了，下一届，再看看吧，还会有他的身影吗？

不过所幸，埃蒙斯还是拿到了一枚铜牌。可是，这不用质疑地，马修·埃蒙斯，堪称最悲情的奥运选手。

当金牌唾手可得，竟是脱靶；四年后悲剧重演，再次无缘奖牌；如今，7.6 环，虽是不怎么优秀，但已是巨大的进步，说明了他在渐渐走出这一块的心理阴影，也得到了一块宝贵的铜牌。

可是，要知道，就在两年前，他还在与病魔作斗争，但是，他仍是坚强地挺了过来，再次来到了奥运赛场上。

因为，心中有梦想，所以，他去奋斗，他不信命运，不服输！

最悲情的奥运选手——美国的射击名将，马修·埃蒙斯，怀揣着他的梦想，终于获得了一枚三姿赛的铜牌。

虽行悲情，但心不悲。

品 水

水，生命之泉，滋润万物，茁壮成长。

水，清澈透明，无色无味，仔细品品，却也令人回味无穷。

“呃，好苦……水，水……”刚勉勉强强地喝完妈妈给我热的苦得要死的中药，我赶忙扑向摆放在一旁柜子上的水杯，一把抓起来，大口大口地喝了起来。

一杯水下肚，嘴里原本苦不堪言的味道消失了，立刻觉得神清气爽起来。

世上有无数种饮料，从汽水到啤酒，从果汁到牛奶，从咖啡到汤茶，无不是有万千的热爱者。果汁的酸甜，汽水的爽口，汤茶的温润，都能在味觉上带给人极致的享受。可要说是水呢，便不会有那么多了吧。

水，是最为普通的，不能带给人味觉上的刺激，但是它有属于自己的那份味道。

当你口渴的时候，有一杯水，你便会兴高采烈地喝下去，不知会不会品尝到属于它自己的那份甘甜。

当你念家的时候，有一杯水，你便会略有所思地喝下去，不知会不会记忆起属于自己家乡的熟悉感。

当你悲伤的时候，有一杯水，你便会不由自主地喝下去，不知会不会感觉到那份暖到心田的舒适。

当你焦急的时候，有一杯水，你便会不知所措地喝下去，不知会不会享受到那份安抚心情的恬静。

水，所有的饮料都离不开水的辅佐，它是它们的基本原料。正如同人的生命，也离不开水一样。在此，水，已不仅仅是生命中最重要的元素之一，它，是一种生活方式。

当你在不同的心境下品味它，它都能带给你一份惊喜，不是多么惊天动地，却别样舒心，让你回味无穷。

想想看，若是坐在窗前，沐浴在阳光下，读一本小书，再抿上一口清水，那也便是岁月静好了吧。

最快乐的事——睡觉

人生最快乐的事之一莫过于睡觉了！

当夜晚降临，打一个哈欠，收拾一下东西，刷完牙洗完脸，换好衣服，拉开被子，躺在床上，就开始人生最重要也最快乐的一件事——睡觉。合上眼睛，换一个舒服的睡姿，静静地，静静地，便不知不觉地沉入了梦乡。

其实人睡着以后是没有感觉的，也就是说，你不知道你何时睡着的，也不知道你睡着发生了什么事，所以当你睡着以后，所有的事情都是未知的，我们只能知道，一份臆想中的世界，正在悄然走来。

小时候，我一直在想，什么样的梦是美梦？我一直将它定义为“会笑醒”的梦，像是一块美味的大蛋糕什么的，可一直没有做过这样的梦。只有是平凡普通的梦和噩梦（好悲剧……）。但是无论如何，是甜蜜的糖果或蛋糕，还是危险的妖魔和灾难，这，都只是睡梦中的一部分，存在于我们的幻想中。梦境，也可以丰富生活，在梦里，常常会发生一些在现实中不会发生的事，也算一次奇妙之旅吧！

如果说，电脑的休眠被称为待机，那么我们的睡眠，就是大脑的一次又一次的待机，为了给新的一天提供力量与动力，我们便在一次又一次的待机和正常运作中度过我们的一生。充足的睡眠，能为生活提供一个清新的环境，让我们在接下来的一天有一个时刻处于清醒状态的头脑，这样，一天都会过得很舒心，很快乐。

虽说一直将“早睡早起”挂在嘴边，真正能够贯彻执行的，便不在多数了吧。且先抛开那些很繁忙的夜晚，就是比较清闲的时候，也或许是不想睡觉，但是一到第二天早上，却又不想起床了，就有了“闹铃嚎叫我亦赖床不动”的经典场景。这就是所谓的“晚上不睡，早上不起”。这下子，可看出睡觉的好来了！

我很喜欢睡觉的感觉。懒懒地缩在温柔暖和的被窝里，什么也不想，什么也不做，放下了一整天的包袱，轻轻松松甜甜美美地睡一个好觉。若是第二天早上醒来是自然醒，整个人一整天都会觉得神清气爽的，分外舒服。

早上起来，睁开眼，再看向窗外，阳光暖暖地悠悠地倾泻下来，晒在被子上，便会觉得，这，又是美好的一天。

睡觉，人生最快乐的事，它，当之无愧。

一切简约最美丽

——读《如何培养美感》后有感

什么是最美的？这是一个十分值得思考的问题。在阅读本书之后，我，找到了答案。

这本书是汉宝德所做的一本“实践生活美感之书”，它能够带给读者一个崭新的美感体验。从“爱美初阶”告诉了我们美丽的发现在于观察与欣赏，到“从零开始”让你明白一切皆从简约，再到最后繁琐的构成，其中还讲述了许多关于比例、色彩、质感等等的内容，让我了解了日常生活中的东西，怎样才是最美的。读后也算是收获颇丰。

书中不乏讲了很多的关于美丽的必要条件，但我觉得，首当其冲的，也可说是最后归结于的，就是两个字：简约。我们先了解一下何为简约。事实上，简约是你看上去简单，却又有着不简单。简约是在简单的不复杂、单纯的基础上而又得到了一种升华，变得简洁、大方、精致、恰到好处。再回到书中，你看，从整体方面，要“从零开始”，最好做到一无所有；洁净，追求纯洁的“真美”。从秩序方面，整洁——即在洁净的台阶上又加上了整齐划一；有不可过于统一，统一中要有变化的存在，也就是相似不相同。从比例方面，不可夸大，要恰如其分，也就是各个地方要恰到好处，才能达到比例之美。从用处方面，美丽的东西要实用，那才是“真美”。从色彩方面，那些自然、素朴、平淡、很简单的颜色，才能达到永恒美丽的效果。从质感方面，再光滑不过的玉才能带给人们温润的触觉，因为它表面真的什么也没有。从构成方面，不要太复杂，简洁为妙，这样主从的效果会更加的突出；如此等等，让人深刻感受到了，美丽的重大要素之一——简约，一切简约最美丽。

生活中，有许许多多美丽的事物。可它们真的是美丽的吗？是真正的美丽吗？你看，有些人装饰家庭，为显示出家里的富裕，将家中到处装点着奢侈华贵的物品，显得雍容而又拥挤，杂乱无章。这就不是美丽的。而若家中一切皆是干干净净的纯净自然之色，仅是稍加装点，便会让人觉得清新而雅致，不仅顺眼，而且顺心。瞧，美丽的目的达到了吧？

什么是最美的？现在，我可以说，在我看来，简约的是最美的，一切简约最美丽。

现在最美好

——读《幸运的套鞋》后有感

在《安徒生童话全集》中，有许许多多有趣的文章，但惟有《幸运的套鞋》，给我留下的记忆最深。

这篇文章由幸运女神的女仆将一双套鞋放在了门口而展开。女仆认为，这双套鞋可以带给人们好运，因为它能实现所穿上它的人的一切愿望，可陪同她的忧虑女神却认为它一定会感到非常苦恼。故事开始了。这双神奇的幸运套鞋辗转各处，带给了五个人一次奇妙的旅行：司法官去了他所醉心于的汉斯时代；守夜人变成了他所羡慕的中尉，后来又跑到了月亮上去；诸如此类的等等，都十分神奇地发生了，可事实上，这对于那五个人来说，却是一次可怕的历险！故事的最后，以忧虑女神将套鞋拿走而告终。

文中给我感触最深的，是那位实习医生的遭遇。这位实习医生穿上套鞋之后，先是由于表达有误被夹在了栅栏里，后来又在倾听一次朗诵时，钻到了前一排观众的心里，到最后感到头脑混乱，在衣服整齐的情况下，又被幸运套鞋送到了蒸汽浴室里。呵，这是一次多么疯狂的经历！我们可以看出，人类的思想有时候是多么的荒唐可笑！这讽刺了人们在日常生活中，表面上举止文雅，有理智又有逻辑，可事实上，在他的脑海中却时不时闪过许多十分怪诞的幻想。幻想不一定不好，有时候拥有着丰富的想象力会使生活变得更加幸福美好。况且，若是没有了想象力，安徒生又怎会带给我们这么多精彩的童话？但有时候，你那过度的幻想会给你带来巨大的困扰。例如钻进别人的心里，最后搞得头晕眼花，感觉血都要涌进脑袋里来了！人们拥有如此怪诞的想法，无疑是出于对现在生活的更高一层的奢望或要求，幸运套鞋满足了他们的愿望，可却给他们带来了许多苦恼。到头来，就会发现，还是现在的生活最美妙！我们应该认真对待。

我时常幻想，要是有下辈子，更想投胎做什么？虽说人类是“最高级”的，但生活却不意味着“最 Happy”的。可能也是因为出于人所观看的世界。

那些人与事

——致 Janet 的一封信

时光不知不觉地从指缝间溜走，新初一时紧张无措地坐在教室的样子似乎还历历在目，转眼间，连初二上半学期的期中考试都过了。

自升入初二以来，明显觉得课业更紧了一些。数学里，以前从未听说过或感觉遥不可及的名词逐渐闪亮登场，什么全等啦，根号啦，逐渐成为了数学学业里的重心，也渐渐熟悉起来。语文里的古文成分明显多了起来，从原来的一书6篇，直至现在专门有两个单元都是文言文，整页满满的文字，篇幅也都是好长好长的。

物理就更不必说。作为这个学期的新科目，我逐渐从原先的信心满满变得越来越担忧，直至自卑地期望只要不要再像上次那一次那么悲惨就行。事实上，我在学习物理有一点疑惑。在概念方面还有做练习的时候，我好像全都理解了，但一到考试的时候，莫名的，就容易糊涂了。在拿到试卷的时候傻眼了，这么惨，不至于吧，哪有错那么多？可一看，还真有，而且都是莫名其妙的，在做的时候都觉得挺正确的……唉，可能是马虎的问题吗？我希望是这样的呀，这样还有救……

这一学期换了班主任，由那位好多同学热烈崇拜的，亭亭玉立，走起路来非常飘逸的原先九班的副班主任英语老师 Janet 郭静老师来担任我们班的班主任老师。大家也都很开心，我也不例外。Janet 总是很和善，很亲切的样子。我们大家跟她说话时也都变得更自然随和了一点。

Janet 对班里的事情总是很在意。就拿班级的卫生评比来说吧，我们班啊，这个，在卫生评比的时候大多时候是进不了前五的（……可怜啊），到目前一年了，我们班进年级前五的次数也只能是个位数。所以，Janet 每周一都会让卫生委员来宣读一下上周的卫生情况，然后嘉奖一下当天扣分最少的值日生，而扣分最多的就要在下周重做一次了。渐渐地，我们班的卫生情况好些了，接连几周都进了年级前五（虽然最近几周又退回去了……）。

在最近一段时间来，周围的同学都在忙碌地复习，其中坐在我后面的过好好呢，可谓是非常努力的。我早早地就看见她将地理学方面的试题复印了下来，两边的空白地方都用红笔记得满满的；语文方面，我经常看见她勤勤恳恳地背默着古诗，复习着文言文注释，平时的小练也会像我多要一张卷子复习。还有任思瑜，她估计是在背古诗方面最认真的了。无论何时何处，只要情况可行，她一定会拉着身边的人陪她一起串古诗。嗯，看来她一定会“学有所得”啦！

……

就是这样，这段时光，这段时光中的人与事，悄悄地印在了我的脑海里。悄悄地，悄悄地，充实了我每一天的生活。

那些底层小人物

——浅析鲁迅笔下的底层人物

近日来读了些鲁迅先生的文章，也颇有些感触，尤其是那些个生活在社会底层的小人物们，给我带来了很大的心酸。

在鲁迅先生的笔下不乏小人物们。可以说有自小陪伴鲁迅的阿长，昔日的好伙伴闰土，穷困潦倒的孔乙己和原先一度是家里的得力女工的祥林嫂等等。这些人物在他的笔下，都是活灵活现的，也让读者的心情跟着他的描写与人物一起跌宕起伏。

这些底层人物经常被人所瞧不起或是暗地里嘲讽的，而且我发现，他们中的很多人，例如说阿长、孔乙己和祥林嫂，他们的真实名字都是其他人不知道的，或者说，也从没有人热衷想去了解的。阿长的名字雇主家命名的，就像是人家随便的命名一个小东西一般，更甚者，就更像是原先阿长的一个替代品了；孔乙己只是姓孔，别人就从描红纸上给他取了个像他本人一样半懂不懂的绰号，叫做了“孔乙己”；而祥林嫂呢，别人都不问她姓什么，只从中人卫老婆子是卫家山人，又是邻居，便猜测她姓卫，但又没有用，大家只管她叫祥林嫂。闰土呢，虽本是就叫闰土，但那也是因为他闰月出生，五行缺土才有的名字。所以说，人们对这些处于社会底层的人不抱有尊重，而他们呢，也就这样渐渐习惯了，瑟瑟缩缩地过了下去。

其中最令我感触深刻的还是孔乙己的故事。想想看吧，一个那样的人，身材高大，脸色青白，胡子总是花白，又乱蓬蓬的；身着长衫，但却是又脏又破的。孔乙己原是个读书人，但没有进学又不会营生，便是越过越穷；字写得好，便给人抄书，但他又有好吃懒做的毛病，经常是不见人影，渐渐地，也就落到了偶然行窃的地步。尽管这样，他的品行却是最好的，钱从不拖欠；为人也必是极和善的，当那些衣着尊贵的人指手画脚挑三拣四地监督着小鲁迅干活的时候，孔乙己却高兴地教着小鲁迅写字，甚至因为他的回答恳切，而极高兴。

店里的人，在这里包括小鲁迅，都爱笑孔乙己。只要他一到店里，所有人都看着他笑。他们总是在哪怕无中生有的情况下，也要嘲讽孔乙己一番，好让自己欢乐，而经常道出的，却是些最不能让人容忍的事——毁人自尊和揭人伤疤！孔乙己呢，也就只能脸色灰白地默默地忍受着，在心里忍受着，而他能发泄的途径，也就是那些令人不懂的之乎者也之类的话了吧。

这也真的是不在沉默中爆发，就在沉默中灭亡了。

最终地，孔乙己又在一次行窃中——其实是不是真的也不清楚了，但孔乙己自己是说跌倒的——被人发现，挨了大半夜的打，最终断了腿。最后一次他来小店，是用手走来的。而就在这最后一次呢，他也受到了所有人的嘲笑。看到这段话我真的很心酸：“孔乙己低声说道，‘跌断，跌，跌……’他的眼色，很像恳求掌柜，不要再提”。真的，怎么可以这样，孔乙己已经是恳求了，而且已经落到了那步田地，这样的一群人，一群自视自己有水平的人，就是这样，不管不顾地奚落他，围着他哄笑！可就在这样的情况下，他竟然还是不亏欠钱，付了现钱给小店。这样的宾客，这样的孔乙己，若脱去了光鲜的外表，会有人分得清谁是高人一等的吗？

祥林嫂也是同样，已经从原先街坊邻居夸赞的勤快女工变成了沿街乞讨受尽白眼的乞丐了。她已经是这样了，在离开人世的时候，还被人骂做谬种。

我不是孔乙己，也不是祥林嫂，我也没有生在那样的年代，我也没有那样的身份与经历，所以我不会有那样切身的感受。或许在那些个岁月，这是很普遍甚至是再正常不过的一件事了，因为比这过分的在过去有的是。可我想说的是，当我们让这些人卸掉身份的枷锁，解掉束缚，我们能看到的底层小人物们不一定都是完美的、优秀的，但他们在一些人应该具备的品行与心态上，确实比别人强得太多了。或许是岁月将他们历练的吗？我不知道，但我知道的是，孔乙己比很多人和善而有诚信，祥林嫂比很多人具有 颗容易满足的心。当世俗的牢笼将他们扣住的时候，他们因此对比他们高一等身份的人规规矩矩甚至卑躬屈膝，但他们也能活出属于自己的生活。

就是这样的底层小人物啊，卑微地活在世俗的阴影里，受人嘲讽、唾弃，渐渐淡忘。他们最痛苦的遭遇使人“快活”，自己却不快活。可以说，他们都是腐朽文化的牺牲品，是属于悲凉的人物的。

我在想，虽然有如此种种，但是在一个独自坐在哪个不知名角落的黑夜里，孔乙己，他会不会望月而落泪？

小贩，你为什么不生气

我穿行在批发市场中，经过一个个店铺，环顾四周，希望能找到一个合我意的商铺。陡然听见一阵叫骂声传来，回首瞥见，是一位中年女士在对一家小店破口大骂，声声不堪入耳。我皱了皱眉，看见小贩一脸恐慌，我不懂，小贩，你为什么不生气？

这似乎是司空见惯的了，多少次了，我能看见在各种各样的商店，都会出现有顾客和小贩或是商场里的导购员争吵的身影。而多数时候我们能看到的，都是顾客蛮不讲理地大吵大嚷，导购员一脸隐忍，耐心地，试图以理服人，直到顾客粗鲁地甩手走人，这场单方面争吵才告罢休。

在此我们先不说那些商场里的导购员，因为他们只是打工的，这涉及到商场的利益，我们看一看，那些独立经营的小贩们。

我看见有人高傲地在你面前站定，你微笑着向他问好，对面的人无动于衷，抿着嘴角，在你面前的小摊上挑挑拣拣，你精心摆好的货物被翻得一塌糊涂。你友好地上前，询问着向他提供服务，却见你面前的人不屑地翻个白眼，嘴唇一开一合吐出几个字："烦人，多事！"

你为什么不生气，哪怕只是在心里？哦，或许早已是被世俗磨破了傲骨吧，满腔热情被一盆冷水泼下，你只能退后一步，站在一角，东张西望着不知道做些什么。

我看见他终于从乱七八糟的货物堆里找出了合自己意的东西，一抬手，招你过去。你赶忙走上前去，嘴上挂着笑，热心地说些什么。他不耐烦地将那件商品丢到你面前，口中叫道：“也就这个还顺眼，喏，多少钱？”你缓缓报出一个数字。他一撇嘴，嚷道：“呵，你也好意思要这么贵，便宜点！”然后，给出了一个或许只是成本价的价钱。你为难地说声抱歉，真的不行。他瞪你一眼。几番交涉下来，他终是耐不住，不爽地骂起来。这番叫骂，甚至是把对所有小贩的骂都吼了出来。口中污秽的言语，令人愤慨，不堪入耳！！一声声叫嚷，你看到有人频频回头注视，尴尬起来，急切地辩解着，试图取出一个折中的价格，让眼前的人平息怒气。

你为什么不生气？看着面前那样蛮不讲理的人对你指手画脚，你为什么不生气？哦，不敢哪，顾客是上帝！可是这样的顾客，这样侮辱你尊严的人，也算是你的上帝吗？你为什么不一甩手，一仰头，告诉他，你不愿意卖，拉倒！我还不愿意卖给你这样的无理之人！

你为什么不生气？是啊，我们是应该遵守职业道德，但在这样人人平等的社会，这又是你自己的店铺，你为什么不生气？因为你怕失去一桩生意啊，因为你怕，因为你怕惹到麻烦啊！你为什么要怕！你愿意，将你自己一家人辛辛苦苦生产制造又或是说营销的物品，卖给一个不懂得尊重的人，不懂得尊重你的人吗？他已经不讲理了，而你也应该保留自己的良好素养，但是你可以说不，你可以对你不愿意卖东西给他的人大声说不！

爱，在细微处

当爱在细微处的时候，希望你会懂。

——写在前面的话

若说爱，不一定要声势浩大，才算是爱，而真正的爱，似乎应该是无微不至地渗透在生活中。爱，在细微处。

你似乎也有过这样的经历吧？小时候，当你的爸爸妈妈教训着不听话的你时，会不会有个年老的身影站出来，把你像母鸡护着小鸡似的挡在身后，横眉冷目地对着你的爸爸妈妈，对他们的行径感到非常不满？呵，没错，一个人的爷爷奶奶外公外婆永远都是最最疼自己的，他们舍不得让孙子孙女外孙子外孙女受一点罪。我的爷爷就是这样，所有人都说，爷爷最宝贝我这个孙女。

我的爷爷是大学教授，所以为人却有些严厉之风，经常是没几句就吼，但是爷爷对我却最好，记得小时候，从来都是不懂事的我对爷爷嗷嗷叫，爷爷对我总是极好，极温和的。

可以说，爷爷对我的爱是渗透在细微处。

我有一个毛病，就是不喜欢吃带籽的东西。比如说，西瓜。可我却是非常喜欢吃西瓜的，但由于这个懒惰的毛病，就对西瓜“放弃”了。又是一个炎热的夏天，我坐在屋里热得不行，心里更是不爽。这时，爷爷悄悄地推开了门，拖着脚步，将一碟西瓜缓缓地放在了我的桌上。我正想开口拒绝，但却愣住了。映入我面前的西瓜都是红红的瓤，绿绿的皮，水嫩嫩的，应该是很好看的吧？但它们全都是布满了大大小小的“坑”，一看，我就明白了，定是爷爷一点一点地将所有西瓜子都挑出来了。我抬起头，诧异地说：“爷爷啊……”爷爷却是一挥手，倒是满脸笑容地说：“你不是不喜欢吐籽吗？我都给你挑出来了，吃吧！”

我眼前似乎浮现出一幅画面：一个70余岁的老人，站在厨房里，猫着腰，眯着眼，小心翼翼地对着一片又一片西瓜挑籽。

事实上，这件小事，似乎已成了爷爷的一个习惯，每一次，每一次，我都能吃到不带籽的西瓜，那是由爷爷亲手将籽挑出的啊！

后来的后来，到我上五年级或是六年级了，刚开学时，我就寻思着我该自己上学了。一开始，我们采取了我在前面走，爷爷在后面“跟踪”的方案。但实际上，也算不上跟踪了，方案都是我想的，我和爷爷甚至都是一个电梯下的楼，有时候，就干脆并排走了。其实我记得那是一个寒冷的日子，我记得似乎还有雪，厚厚地铺在地上闪着光。那天早上，我告诉爷爷，让他今天别跟着我走了，我该真正自己走一回试试了。爷爷满口允诺了，似乎还赞许着我的这种想法。然后，如往常一样的，吃过早饭梳洗完毕后，我就开门走了。踏着松软的白雪，开始了我真正意义上的第一次独立上学。我那时觉得，这很有纪念意义哦，是第一次呢，还很开心的样子。

放学回家后，奶奶接我时告诉我，事实上，今天爷爷早上也跟着我上学了。我有些惊住，什么？爷爷跟着我了？呵，这才是真正意义上的跟踪吧！蓦地，我鼻头有些发酸，我眼前似乎又浮现了那幅场景：仍是那个70余岁的老人，在清晨，穿着厚重笨拙的羽绒服，深一脚浅一脚地走在雪地里，目光却紧盯着不远处一个小女孩身上，看着她终于进了校门，脸上露出了放心的温暖笑容。

是啊，正是温暖笑容，将这厚厚白雪都融化了啊。这样的爱，不用言出，在细微处，默默地关怀着我，保护着我，温暖着我。

爷爷对我的爱，就是这样温和的暖暖的爱，让我就这样在爸爸妈妈和其他家人为我营造的幸福生活中又多了些甜美，可以让我偶尔放纵一下，享受一下被宝贝的滋味。

爷爷对我的爱，不会挂在嘴上，而是在生活中，无微不至地保护着我。

有些时候，爱是不需要讲出来的，讲出来，反倒就少了那份滋味，那份藏在心底的温暖爱意，又岂是几个字，或是一句话所能表达得了的？

有些时候，爱，在细微处，需要用心去发现，去品味，去感悟。

当爱在细微处的时候，希望你会懂。

摆 渡（二）

今非昔比，时光不再，无情的岁月像一条深深的沟壑横在中央，一旁是今天，一旁是昨天。我们盼望着挤上那条小船，摆渡过河，去纯真美好的彼岸——童年。

一样是湛蓝的天空，一样是和煦的清风，一样是人山人海，一样是金光闪闪——旋转木马，在阳光的照射下是那么耀眼，从不远处能看见一匹匹白色的骏马随着音乐奔腾着，小孩子们坐在上面发出一阵阵清脆悦耳的笑声，传入我耳畔。我站在那里，不由心生感慨：在那一匹匹白马上，记载了不知多少个孩童的欢乐呢！我忽然也想一试，便排了队，幻想那艘小小的摆渡船。

不一会儿，便轮到我了。我缓步上前，寻找了一匹金棕色头发，金棕色眼睛，金棕色马鞍的白马跨步骑上。马鞍周围有一圈一圈的彩色花纹。这是一匹多么高贵的马，可那些花纹装饰又显得多么天真，就像可爱的小娃娃，抓起画笔，随意地将她洁白的毛发加以渲染，变得单纯，那是心底上极致的纯净。音乐响起，木马缓缓移动，上上下下，画出一道道炫目的波浪线，前进着，奔腾着。

我忽然觉得，周围的一切景色似乎都变了。我不是骑着木马，而是乘着一条木船，随着波涛，颠簸地划行，渴望摆渡过河。音乐还在继续，笑声还在奏响。我乘着神奇的时光小船，慢慢悠悠地，不慌不忙地划行，向着童年的彼岸摆渡。一路上有颠簸，有不适，都无所畏惧，坚定地向前航行。思绪缓慢下来了，往日的欢声笑语仿佛重现，我渐渐地就跌入了童年的梦海里了，时光仿佛再现。木马本是童年美好的象征，是无忧无虑的见证。遥想当年年少，也曾高兴地骑在她的身上，在想象的王国里驰骋。今日，我又骑在她的身上，企图让她像小船那样载着我摆渡回到童年的时光。

我扬起头，看见一样湛蓝的天空，感受一样和煦的清风拂过脸庞，侧目遥望着一样的人山人海在向我们招手，一样是金光闪闪的——旋转木马，童年的摆渡船。一切都像是那个遥不可及的梦，像是孩童时的那样多姿多彩。

可是又有谁知，旋转木马，只是这样向前奔腾着，摆渡着，却永远也没有摆渡到终点的那一刻，眼睛焦急地盯着前方，试图在远方找寻出什么，可彼岸，终是彼岸，可望，不可即。

倏忽间，音乐停了，梦境破碎了，我的世界回归于平静。但是真实的世界可没有平静下来，仍是那般喧闹，那般繁忙。谁也不知道，刚才的旋转木马上，有一个人，做过这样的一次摆渡。

天边的颜色

天空是什么颜色？那必是蓝色的咯！你想当然地回答。呵，那可不一定呢，看看头顶上的天空，它真的是蓝色的吗？或者说，它，是纯蓝的那种蓝色吗？

北京的天空向来不能算蓝，也只能是那样灰蒙蒙的样子，再微微透着点浅蓝，大约也只能在盛夏的日子才能摆脱开蓝灰色的样子。但事实上，你是否注意过，从白天到黑夜时天空的颜色？那是变幻多姿的啊！

记得那一天早上，揉着惺忪的睡眼闷闷不乐地从床上爬起来，看向窗外，时日已至初冬，在六点半的时候天色还没有亮开，朦朦胧胧的好像有些光透出来，天边的颜色是藏蓝色的，看不见一朵云彩，所以一直一望无际地伸向最远方。初冬的清晨，在这样的天空的笼罩下，便显得有些压抑了，让人愈发地贪恋温暖的被窝。

但终是要爬起来的。从出门到学校，约莫有着 10 分钟的车程，可天色转变得却极快。一不留神，好像就从那种压抑的藏蓝色变得有些像是发灰的黛蓝色，看起来一下子就清亮了许多，但还是不够透彻。我有些惊住，寻思着刚才好像并没有感受到天空的渐变过程呢，怎么一下子就成这样了？走进校园，穿过操场向盛新楼走去时，抬眼看见不远处的天空那里，出现了一道朝霞横在天空。火红火红的，像是要燃烧起来似的，天边的颜色多了抹瑰丽的红。在朝霞与天空相接的地方，霞光变成了浅粉色，与云朵融在一起，反倒显得有些梦幻了。不是多么妖冶，大片大片地遮住整片天空，只是这样加一些点缀，却更舒心了。

清晨到中午，天空在慢慢放晴，渐渐地，让整片的天蓝晕染开来。北京的天除却盛夏是很少能到达蔚蓝的地步的，但是像这样的天蓝，或是湖蓝色，却更是柔和，看得没有那么刺眼，也正能体现冬日里阳光那种不一样的晴朗。

中午一直到下午，天边的颜色一直保持着，但一到 5 点钟，天立刻就黑了下来。不同于清晨的颜色了，傍晚的天空颜色有些复杂，有深蓝，有黑，好像还带着些许紫色，可能是繁华城市的灯光照射的吧，天边的颜色在此时，有些说不清道不明了，那种深紫，深蓝和黑，像一个漩涡，把人深深地卷了进去。

渐渐地，也就安静下来，安静下来，经历了一天的喧嚣，天边的颜色似乎也累了，打了一个哈欠，沉沉地漫黑，然后进入梦乡。

北京小吃——奶酪魏的形成与传承

2012 年 12 月 16 日星期日，我和林可歆相约前往位于广安门内大街 202 号 107 室的奶酪魏店铺进行采访，这一趟采访下来，不仅是品尝到了传说中的正宗的京城奶酪，更收获了许多关于奶酪魏形成的背后故事，获益匪浅。

临行前先上网查阅了些许关于奶酪魏的资料，从中获知了：奶酪魏的创始人是别号魏龙的魏鸿臣先生，清光绪初年就在前门外大栅栏附近的几个戏院门口摆摊卖奶酪，到了 1888 年又在门框胡同路西租了一间门脸房，字号是麟记酪铺，生意越做越大，极为红火，很多大人物例如鲁迅先生、老舍先生、马三立先生和一些京剧界人士都常光顾，特别是梁实秋先生曾写下这样一段话："酪有酪铺。我家附近，东四牌楼底根儿底下就有一家。最有名的一家是在前门外门框胡同北头儿路西，我记不得他的字号了。掀门帘进去，里面没有什么设备，一边靠墙几个大木桶，一边几个座儿。他家的酪牛奶纯醇而新鲜，所以味道与众不同，大碗带果的尤佳，酪里面有瓜子仁儿，于喝咽之外有点东西咀嚼，别有风味。每途经其地或是散戏出来，必定喝他两碗……久离北平的人，不免犯馋，想北平的吃食，酪是其中之一。"

但是，奶酪魏的成立背后又有着怎样的故事？又是在怎样的自然环境下形成的？带着这样的疑惑，我们来到了店铺。

在店里通过采访和第三代传人魏广禄先生写的《北京奶酪魏简介》得知，奶酪魏的形成有着一段这样的故事：魏鸿臣先生在 20 多岁结识一位清朝御膳房的赵姓厨师，赵厨师念魏先生家穷，便教了他三样做小吃的手艺，分别是奶酪、奶卷和酪干。后来，魏先生便在前门外大栅栏戏院门口摆摊卖奶酪，而后又于光绪 14 年成立麟记酪铺。其中的这三样小吃：宫廷奶酪、鸳鸯奶卷、酪干便成了奶酪魏的招牌。

昔日，奶酪魏的牛奶都是用自家养的奶牛所产，到现在虽然不使用自家牛奶了，但对牛奶的要求仍然十分苛刻。除了奶源外，对另一个重要原料——米酒也有很高要求，都是自家酿制而成的。再加上精湛的手艺和精益求精的态度，才造就了这样正宗的美味奶酪，怪不得店里的客人在我们的询问时都说：“过了这么多年了，经常来吃，味儿没变过，一直都是这个味儿，好！”

可是由于店员毕竟了解不多，我们又上网查取了关于奶酪和自然条件的信息。中国奶酪，其一是在元朝时，随游牧民族从内蒙古传入中原地区的。内蒙古主要为大草原，发展畜牧业，自是以牛羊居多，所以饮食中，奶制品必不可少。游牧民族将牛奶和羊奶制成了奶酪，在内蒙古地区称之为奶豆腐，不似西方人凝固奶酪的干，反倒是极润滑的，香香甜甜，入口即化。其二则是根据伊斯兰教传入中国后，大批食用清真的伊斯兰教徒来到中国，奶酪可能在其中也算回民小食，渐渐有大批汉人接受，便发展了下来。

这，便是奶酪魏的形成。

“新旧春晚”大变化

随着年底的逼近，春晚也渐渐成为了人们关注的话题。每年的春晚都少不了一番热议，例如今年年初爆出的赵本山退出龙年春晚就成功登上了一月的月度搜索榜，而春晚也成为了当月的月度热词。

从 1983 年春晚首次以现场直播形式在央视正式播出，起初是央视在每年农历除夕晚上为庆祝农历新年在其第一套节目直播的综艺晚会，后渐渐为多个频道和网站同步直播，以至于成为了人们庆祝春节喜迎新年在除夕夜所必备的娱乐项目，成为了一种风俗与习惯。而在这 30 年里，春晚本身也经历了极大的变化。

但今天，我所想谈的却不是春晚本身，而是春晚上的演员们。

1984 年，陈佩斯吃面条的小品瞬间红火，让人们了解了小品。同年，马季在台上四处吆喝着“宇宙牌香烟”的那一幕恐怕让所有观看过演出的人难以忘怀。那一个时代台上的演员们，多为中年人，衣着朴素而简单，也正可以看出 80 年代所特有的质朴特点。渐渐地，相声和小品成为老百姓们看春晚的一大动力，也有好些个相声小品演员相继登台。例如图片中的赵丽蓉，还有后期相继出现的冯巩、郭达、黄宏、郭冬临、蔡明，还有农民形象的赵本山等人无疑不是我们可以称之为“老一辈的艺术家”的代表人物，带有浓浓的乡土情怀。

但从近年来看，陆续有许多影视界的年轻明星登上舞台，由于年轻艺人的登场，自然也就加入了许多流行元素，例如在歌舞方面，不再仅仅是单调无味的民族歌唱，也有流行音乐的快节奏闪亮出现，吸引了更多的年轻人的眼光。相声小品类方面，在荧幕上表演的演员们也走到了舞台上，就如同话剧演员一般，为观众展现一个个生动的故事，而不是让“老一辈的人物”独领风骚。

同样，因为近几年刘谦的出现，也让魔术在春晚上风靡起来，魔术本就是神奇的事物，也给春晚增添了几分活跃气息，吸引观众。

我们可以看出，在“老一辈艺术家”继续在舞台上表演的同时，也有许多年轻艺人登上了春晚舞台，使得春晚舞台成为了“新旧文化”大融合的地方。例如图中的沙溢和黄宏，两人相差 18 岁，一个是影视剧演员，一个是喜剧小品表演艺术家，可谓是相差甚远，却能同台演出，在同一个舞台上一同展现节目的风采。还有蔡明和两位开心麻花演员，这样的新旧元素的碰撞，也能有十分和谐诙谐的效果。

与此同时，春晚舞台上又出现了许多草根人士，如旭日阳刚、西单女孩等，也让春晚与基层民众们更贴近了。

另外，舞台上那些中华传统文化的少数民族们也争相登台，其中最有名的当属《吉祥三宝》，给观众们留下了极深的印象，体现了一种民族的大融合。

老一辈人物的质朴和乡土情怀，新一代人物的不羁和轻佻神采，丰富多彩的中国传统民族文化，不为人知的社会大众奋斗精神，为大家组成了一个美满的春晚，陪伴大家度过一个美好的除夕夜。

春晚也在渐渐成长，在保留着“怀旧老招牌”的基础上，不断融合新新时代的新元素，让春晚内容变得更加丰富，节奏也在加快，跟上时代的步伐，新老融合，为我们开启全新的一年，一个全新的生活。

此景可待成追忆

面对空白的 word 文档页面，我的脑海里一片空白，思路枯竭，什么也想不出来。拉开窗帘，偏头望向窗外，忽而就有了些想法，觉得哪怕眼前此景，也是能成为未来追忆的画面的。

都说夜漆黑，所以令人惊恐，不害怕的，也会带有几分不耐，也对，夜的样子也着实令人心里有些不舒服，试问黑成一片的样子，又有谁会喜欢？黑夜里，总是令人忆起伤心事的时候，独坐窗前，一抹月光，被窝抽噎，似乎是小说故事里的经典场景。可是，独坐窗前赏夜，也算别有一番滋味呢，那是一种怎样的感觉呀！

冬天里天黑得早，天空已经漆黑一片，泼了墨般，不染杂色，那是一种色彩极纯的黑，空洞的，让人看着看着仿佛就要掉进这个黑色的漩涡一般。我的卧室正对着的在稍远些的地方，并立着几栋高矮参差的高楼，都是办公楼，楼也被夜里漆黑的墨色所染，可是却有许多仍在加班工作的人，所以窗口也是通明通明的，一方一方的小窗亮晶晶的，从远处看去，就像闪耀的一块一块的黄水晶，那么漂亮，透着朦胧的光，在黑夜里显得那么夺目，为单调而无味的黑色天幕增添了几分亮丽的神采。

再近些，是一大片的四合院。黑夜里看得不真切了，只能隐隐约约让路灯勾勒出几分房檐的轮廓。是住得高，俯视的关系吧，那一大片的房屋，全都是漆黑漆黑的，往上面排除一盏小灯，和一片片的黄水晶小窗，便是完全与黑夜连在一起的了。夜里的四合院有几盏小路灯是亮着的，发出橙黄色的光芒，零星几盏，清澈而明亮，为这素黑的夜里增添了几丝俏皮的气息，像几个小橙子一般，在黑夜里发亮，静静地，静静地，又显得那么温馨暖心，路灯亮着，照亮回家的路。我忽然就想到了，可能会有一个妻子，坐在小屋里，看着晚归的丈夫疲惫的身影在路灯下出现，染上了一抹薄薄的光晕，心情忽而就舒畅了。

我依然坐在窗前码着字，不时看看窗外的景色，如此黑，如此静，如此冷，我却感到了一股暖流涌上心头，那是一种黑夜笼罩后所能带来的归属感吗？因为当你感觉黑夜扑面而来，你看到了几盏灯，感到温暖，温暖的地方便是家。

此景接待成追忆，不必多说什么，家的温暖，人皆懂。

我想，当我在某年某月的某一天再一次忆起这夜景时，我仍会感到难以名状的温暖温馨之感。

我的父亲

一个好父亲胜过100个老师。

——引子

曾经有人问过我最崇拜谁，我问她是偶像崇拜还是真的精神崇拜，若是精神崇拜，我一定会答，我的父亲。

记得幼儿园毕业时，我迷迷糊糊地在老师帮填同学录的时候，在“我崇拜的人”那栏里填“爸爸”。如今过去这么多年了，从当初稀里糊涂回家后悔到可以毫不犹豫地讲出，我的父亲，可以说对我的影响最深最大。

我爸是个聪明且有些自负的人。能说会道地，便对他的有些言论有着固执的自信，认为他说的是绝对正确的。我虽不赞同他的这句话，但不得不说，他说的大部分话能带给我很大的影响。

他确实教给我很多。算起来奇怪的是，我和他的对话常常都是对于“高深”问题的探究，倒也有一些话家常的，只是很少，很少。

他在学习方法的探究上有着浓烈的兴趣，这也造就了他现在的水平。他说，他常常在休息的时候会自己思考学习方法，想一想这样行不行，那样是不是会好一点，渐渐也摸索了些门道。比方说在学习英语方面，他提供给我两个软件，并告诉我在“听说读写”中，听力便是首要的。想想看，也确实如此，听力熟练，口语必是没问题，那便会读得懂，自然写得出来，至于拼写问题，掌握了规律，很多词还不是信手拈来？他还告诉我，听词不会运用，听段落太长没有意义，那便听句子，各种例句听下来，这个词就会背熟的，也能自己运用起来。他在学习方面是很执著的人，所以他每天都能新加入 100 个词句，真是令我自叹不如。

更令我佩服的是，他拥有那种拼了命的劲头。比如说，在大学时，自定目标说今天一定要背下 500 个单词，那必须背下来 500 个！

在家庭会议中，经常有如下情景：

他霸道地说：“8:00 前必须完成所有作业！”

“完不成怎么办？”我问。

“不应该完不成！完不成就不写了！”

这便是我们常在作业方面计较的问题。好吧，其实就他认为，作业什么的不必写，只要在最重要的考试上考好就行。所以他告诉我，向着目标飞奔，如果这件事和你的最终目标无关，那又何必花费精力呢？在飞奔的途中，要懂得取舍，学会放弃，时刻充满着自信。

人人都说慈母严父，父亲能给我在面对困境时的教导。前些天遇到过这样一件事。那天放学回家后，在单元门口前有一个陌生男子大声训斥了我，我伸手去扶开启的单元门，他甚至两次打我的手不让我进去。我从小哪受过这等委屈，回家后眼泪汪汪，吧嗒吧嗒向下掉眼泪。爸爸知道这件事后，很是“恼火＋鄙夷”地看着我，说我脸皮薄。他说当你步入社会会经常遇见这种蛮不讲理的事情，这只是一个与你不相干的人，而事实上你很有可能在未来的某一天被你的同学甚至上司这样对待，要怎么办？掉眼泪吗？那必然不，所以说，人要顽强，顽强地面对许多事情，要经历过磨炼，才能出得了成就。

“我刚才一再强调的是什么？”他偏着头问我。

“人要顽强。”我抽噎着答道。

爸爸总是喜欢在给予我一顿教育后让我重复一遍他的话。

他也不总是这般“严肃”的人。他的爱好非常多，也个个能拿出来算是特长，尤其是音乐方面，除了唱歌外，还有吉他，笛子和电子吹管，也时常练习，在家里面弹弹唱唱的，无论是做着饭的妈妈，还是写着作业的我，都觉得很舒适。

“给爸爸讲讲，你们班同学们呐，都喜欢听谁的歌啊？”

他总喜欢这样问我，还问我关于我们这批“90后”的生活。他要跟上“时代的步伐”，心态一直很年轻。我经常被他拉去听演唱会，什么李建、许巍、汪峰啦，就在那样很嗨的气氛里跟着一群80后上蹿下跳的。要问我为何对此事如此敏感，好吧，因为我曾经在一次演唱会上睡着过，那是摇滚演唱会啊！！！ 我一醒来就看见一群人站在椅子上跟着放声大唱，其中当然包括我爹，我当时就惊悚了，啊啊啊……

这样一个心态挺年轻的人，跟别人相处时也会很舒适吧。常说婆媳战争，在其中，丈夫在其中起到关键性作用。妈妈本就是一个容易着急的急性子，又看不得东西摆放的杂乱，但恰巧奶奶是个慢性子，对于物品摆放并不甚在意，所以这明显会带来矛盾。但事实上，我们家没有过。且先不说奶奶的脾气有多好，因为爸爸将妈妈的许多想法“扼杀”在了萌芽状态。每当我妈妈又有些小别扭时，他总会开导她，春节去爷爷奶奶家时，他会让我妈去给奶奶搭把手帮忙。妈妈本就不是不懂事的人，家里过得也喜洋洋的。

爸爸原来在教导我时常用他自己做正面例子，妈妈做反面例子，妈妈有时会提起，倒也不是不愉快，但后来也鲜少再出现过这样的情况了，可见他也是极为体贴妈妈的心思的。暑假在美国，一次等餐的时候，他突然就冒出一句：“以后我再也不埋怨你妈了，再也不埋怨她了。”我当时第一反应就是不信，妈妈拉着我让我作证。

其实我们家本就很少出现争吵，因为爸爸的性格也蛮不错，妈妈有时跟个小孩子似的，这样一下来，我们家就整天过得很开心。

他也算是个很热情的人。许多同学会的主办人就是他。记得有一次去郑州，飞机晚点了，7:00 的初中同学会自然就泡汤了。下飞机已经 10:30 了，饭店离机场不很近，约莫也要 40 分钟。姑姑、姑父劝他不要去了，他执意前去，说人家都还在那里等他呢。从中也可见他也是很看重这些情谊的，要不，他不会认识这么多的人，拥有这么多伙伴。

可以说，父亲是人生中的导师，他带给了我许多人生中的启迪。我愿我能够有像他那样的劲头，也能有他那样能屈能伸的好脾气。他着实在我的生命中影响最大。虽然他也有许多毛病，但不可否认的是，他身上有我要虚心学习的地方。他可以下决心从一个羞涩的大男孩变成如今这般能言善辩的领导者，我或许，不，我必须要努力。

常说青出于蓝而胜于蓝，他有些自负地说他不指望我能够比他有更卓越的成就，但希望我能在属于我的道路上竭尽全力去拼一把，而我相信，我一定可以。

嗯，文章写完了，我想拿给他看看，因为他的写作方面的造诣也是极高的……

名叫苏州的那个少女

——读《白发苏州》后有感

每一座都不同，个个都像是不同类型的人，有自己的容貌，有自己的性格，有自己的气质，有自己的心态。在这里，我们便看到了一个少女，名叫苏州的那个少女。

世上有各种不同的美女，可以俏皮活泼，可以拉风肆意，可以成熟稳重，也可以像是苏州小姐这样，文静秀美。

她不骄不躁，不谙世俗，就这样浅浅淡淡地，带给了人一种心灵上莫名的宁静与舒适。在她身旁，仿佛是心灵的一次休憩。不仅自己宁静而清雅，也能让和她在一起的人感到安宁与温暖。这，便是她独特的优雅气质。

她善良而友好，待人也是极真诚的。自己经受了灾荒，承担了劳役，身上蒙上了亡国的耻辱，却是依旧贴心地保护着自己的仇人，害自己背上了亡国奴骂名的西施。念她可怜，照顾她，清洗她，为她梳理，为她辩解，甚至供奉着她。她还念及可怜的西施姑娘没有一个好的结局，为她编写故事，塑造一个新的西施形象，为她编造美丽结局。面对满腹才华却贫困潦倒的唐伯虎，她不嫌弃他，也是善待他，亲亲热热地叫他“唐解元”，在他离世后也好好地把他保存在桃花庵中。这，便是她独特的达观心态。

外表如此安静柔婉的苏州小姐，内心是不是也是如此呢？不，在面对国家政治腐败的时候，她，也是跳起来反抗人群中，最为厉害的一个。

她柔弱的外表下，也暗藏着一颗坚贞热诚的心灵！她，不容许自己的国家拥有如此场面，她，也是一个热血的青年！她可以在金戈铁马、乱世枭雄充斥的年代，依旧安安静静地坐在自己的小屋里，不争不抢，过着自己悠然自在的小日子。她可以面对西施姑娘而心软，不仅仅是念她可怜，更是因为她有一双慧眼，一颗懂得爱的心。善待西施，更是善待人性；尊重西施，更是尊重美丽，敬重爱戴美丽。她可以在危难关头，站出来振臂高呼，因为那是为了自己的国家！这样的苏州小姐，已不仅仅是美在她的外表了，更是体现了她心灵的美丽，这，更是人性的美丽！

苏州小姐，这位文静秀美的花季少女，已走过了两千年的岁月，却从未老去。因为，她拥有这样优雅的气质，拥有这样的达观心态，历练了这样的风霜，最终袅袅婷婷地穿过宁静的古城小巷而来，让我们看清了真正的美丽。

一位名叫苏州的那个少女，不曾张扬过，却带给了我们心中最深的震撼。

温暖的幸福

梦想？我想它就是那种如梦般虚幻的东西，因为我想，梦想，只不过是我在追寻的一段梦罢了。而我又在追寻什么？答案似乎清楚又模糊。我只知道，我只是很向往，很向往那种不谙世事般温暖的幸福。

清晨7点，本应人来人往喧闹无比的大街此时却略显萧瑟的清静。

漫天的白雪中，零星有几个行人的身影，系着围巾，戴着手套，紧紧地扣着帽子，瑟缩地穿过大街，仓促而无奈。

街道旁的红棕色屋顶在这个寒冷的下雪的早晨显得无比温暖，尤其是在经过门口时还能闻到若有若无的咖啡香气，暖暖的，柔柔的，似乎能沁入心里。

小镇上的人都知道，这家咖啡店是镇上最好的咖啡店，不为别的，只为它的名副其实——温暖咖啡屋，每一个进入店内的顾客都会感到无比舒适的，令人沉醉的气息，所有人都知道，坐在温暖的壁炉旁，让疲惫的身体陷在温暖的大椅子里，静静聆听着店内轻柔温暖的音乐，再轻轻啜饮上一杯温暖的咖啡，那便是世界上再美好不过的事了。最温暖的，还是咖啡店老板的温暖贴心的微笑。

温暖咖啡屋的店老板温暖是一位老奶奶，年岁已经很高了。满头的白发，小小的鼻梁上架着一副小眼镜，眼镜片后的眼睛总是露出温暖的眸光，因为又爱笑，眼角边常常能看见几条浅浅的皱纹，看起来特别亲切。小镇上的人都喜欢她，尤其是孩子们，最喜欢在闲暇时光，窝在老奶奶的沙发脚下的小软垫里，听她讲故事。他们都喜欢叫她“暖奶奶”。

在这个下雪的清晨，暖奶奶如往常一样，将她的小沙发移到窗前，静静地凝视着窗外的景色。

“下雪了啊……”暖奶奶心里想着，脸上露出了似孩童般的快乐。她的眼睛似乎因眼前的雪景而冒出了兴奋的光芒，充满向往的神采在脸上漫开。

小店的门被推开了。“这天儿可真冷，暖奶奶，来杯冰拿铁！”

“你说说你啊，这么冷的天还喝什么冰的……也不怕喝了肚子痛！”暖奶奶从小沙发上探出了脑袋，微微蹙眉，眼镜片后的眼睛露出了不赞同的颜色。

“嗨，您这又不是不知道我家妹妹的怪毛病。前几天我不是得罪了她嘛，这不，为了不让她向我爹告状，我只能接受她的刁难了。”

“呵你这臭小子，肯定你又闲着没事干了吧，老去逗小丫头，人家不跟你急才怪呢！”暖奶奶边说着，边往吧台后边走去。老太太走起路来一点老婆子的样子都没有，身子骨健朗得很。

暖奶奶在后面鼓弄了一会儿，又从吧台后边走了出来，看着坐在不远处的翘着二郎腿的年轻人，摇了摇头。

她走到年轻人跟前，把杯子放下，缓缓地说道："喏，我给你弄了杯热的，到时候小丫头查肯定也是来问我，我就告诉她你完成任务不就成了吗，可不能让你喝坏了肚子！"

年轻人听后咧嘴一笑："得，暖奶奶，我就等您这句话呢！"他把杯子捧在手心里，又高兴地说道："这大冷天的，有这么一杯热咖啡喝，真不错！"

暖奶奶也幸福地笑了。

"公司的事情好点没有？"坐在沙发上的暖奶奶心疼地看着面前窝在沙发里的消瘦女人，担心地问道。

女人一向以女强人自居，自己开了家公司，本来风光无限，却哪想被人嫉妒，使了坏点子，出了问题。

"唉，还是老样子。"女人叹了口气，紧了紧抱在胸前的靠枕，端起面前的咖啡杯子，却没有下一步的动作，似乎是呆愣住了。

唉，这个样子可怎么好呢。暖奶奶看着眼前的女人，不过四十出头的年龄，却憔悴得像是六七十岁的老太太一样。她看了看女人手里的空咖啡杯，摇了摇头，扶着扶手站了起来，过了一会儿，一杯飘着醇香的咖啡就凭空出现在女人的眼前。女人一愣，隔着升腾的雾气看着坐在对面沙发上笑眯眯的暖奶奶，一下子有热泪涌了上来。

"呵，谢谢，真是谢谢您暖奶奶，还有您是热心肠！"

"不是还有我，还有我们大家呢，别想了，总会有办法的！"

女人感激地点了点头，小心翼翼地接过咖啡，轻轻地啜饮了一口。

“哈啊，真香，摩卡，是不是摩卡！”

暖奶奶微笑着点了点头。

女人弯起了嘴角，闭上眼睛，低下头，又慢慢品尝了起来。

末了，她缓缓地睁开眼睛，眼中泛起了些水光，她淡淡笑了笑说：“真好，这是如此令人陶醉的味道，我感觉回味无穷。谢谢您，暖奶奶，我感觉心情好多了。”

暖奶奶也幸福地笑了。

“我只要暖暖身子，暖暖身子就好……”

看着面前胆怯不安的孩子，暖奶奶轻轻叹了口气。

刚才看他站在窗外瑟瑟发抖的身影，暖奶奶心生怜惜，便柔声地把他领了进来。

“孩子，别怕，你都冻成这样了，可得喝点热的东西来暖和暖和啊。来来，把这杯热巧喝了。”暖奶奶温柔地说着，把桌上的咖啡端起，缓缓地递到了孩子跟前。她想了想，又补上了一句：“就当是我送给你的好了。”

孩子看着面前的老奶奶慈祥和疼爱的目光，终于伸出手，怯怯地捧过杯子，放到嘴边小小地抿上了一口，一口又一口，渐渐地，有一抹叫做心满意足的笑意漫上了嘴角。

暖奶奶也幸福地笑了。

这或许就是我心中一个小小的梦想吧。我和我的爸爸曾经很热切地讨论过关于退休以后要做什么。爸爸想做伟大的“包子大师”，一年只做十屉包子；而我说我想开一家温暖的咖啡屋，开在不繁忙的恬静小镇是最妙不过的了。每天都会接触形形色色的人物，而每一个人物都有属于自己的故事。我愿成为那个人，有不老的心思，不老的精神，不老的好脾气，不老的热心肠，当然还要有不老的手艺来成为那个可以分享他们故事的人。

我愿成为那个人，一直有着不懂忧愁似的满面笑容，来温暖每一个下雪的早晨。

一间咖啡屋，一片属于自己的梦境，一种带着温暖的幸福。

冷笑话

生活就是冷笑话！

——引子

冷笑话是个好孩子。真的。

冷笑话的妈妈在怀他的时候喜欢听冷笑话，所以冷笑话就有了这个名字。虽然如此，但一点也不影响冷笑话是个好孩子。

冷笑话是个多好的孩子呢？这么说吧，冷笑话的同学们经常拿他来做靶子，开玩笑，但冷笑话从不计较，反而能把他们弄得心服口服，然后，卷土重来……

口说无凭，那么现在我们切换一下镜头，让我们安插在冷笑话的学校校园里的摄影师连上线路，看一看冷笑话在做什么。

同学们都很无聊，所以编故事玩，轮到冷笑话了，他讲不出，大家都叫道："咦，你不是冷笑话吗，怎么会讲不出呢？你的故事应该最有意思吧！"

冷笑话是个比较面瘫的人，他们这帮熊孩子这么做，无疑是想让冷笑话出洋相，好嘲笑他"自封"冷笑话。

冷笑话幽幽地开口道："一个人在沙漠里快要饿死了，这时他捡到了神灯。神灯说：'我只可以实现你一个愿望，快说吧，我赶时间。’”

“好没劲啊！我以为冷笑话会讲什么有意思的呢！原来还是这一套！”

“就是就是！白叫了这个名字！”

冷笑话无视众人，又幽幽地说道：“这个人想了想说：‘我要老婆……’神灯立刻变出一个美女，然后走了，走时还不屑地说：

“真是的，都快饿死了还贪图美色！”

“……饼。”

“嘎？”

众人看着冷笑话，僵掉了。

“怎么样，”冷笑话面无表情地开口，“好笑吧……”

“……”

所以说，冷笑话是个好孩子。

冷笑话就这样经历了在学校的一天，没喜没忧，没心没肺，没头没脑，没脸没皮……

冷笑话进了家门以后，看见妈妈在看电视就顺口问道：“老电视，看妈呢。”

妈妈转过头来瞥了冷笑话一眼，笑道：“这傻孩子，说都不会话了！”

但是冷笑话显然没意识到妈妈的错误，他仍然在纠结他到底是不是傻孩子上，便去问在书房里读书的爸爸：“爸，我是傻孩子？”

“傻孩子，你怎么是傻孩子呢！”

“……”

爸爸忽然就发现了他的错误，立刻转过头来，笑眯眯地对冷笑话说：“笑话啊，我来考你几道题，你看你要是答对了你就不是傻孩子。”

冷笑话想了想，看着老爸狡猾的模样，忽而感觉有些不安。但死心眼的冷笑话为了证明自己绝不是傻孩子，他还是郑重地点了点头，接受了挑战。

冷爸爸缓缓地讲道：“石头和年糕在海边打架，你知道发生了什么事吗？”

“不知道……”

“石头一生气就把年糕踢到大海里了。”

“……”

“有一对情侣，男的要到国外服兵役，临行前就给女的一枚戒指，约定三年以后在这里拿着戒指相见。三年后，女的没有找到男的，伤心之下把戒指扔到了海里。其实呢，是女的记错了地方。男的回来后找不到女的，伤心地在海边钓鱼。突然他钓上来一个东西，你猜是什么？”

“小鱼？螃蟹？虾？海豚？海马？鲨鱼？白鲸？……”

“停停停，钓个鱼而已，这都是怎么回事……”

“……”

“我告诉你哦，是年糕！”

“……”

“后来他终于钓到了一条鱼，吃的时候咬到了硬硬的东西，你认为是什么？”

“戒指。”

“是鱼骨头！”

"……"

冷笑话很无语，正准备开口说些什么，就看见冷妈妈兴奋地大喊道："这个跳水运动员的动作难度真大！他竟然可以转体三周接前空翻三周半接后空翻一个月！"

"……"冷笑话看着这对脱线的父母，对着被得了个正着的摄影师感叹：人生真是寂寞如雪啊！

如果我说文章就在这里结束了会不会有些水？其实我是想说，冷笑话的生活就是我们的生活。别人会笑话你，你也会看别人的笑话，而且或许你自己本身就是个笑话……把生活当作一个冷笑话，有时候，需要仔细品味，才能懂得其中的乐趣。

生活常有意想不到的事在下一刻发生，比如说——

两颗番茄去逛街，第一颗番茄突然走得很快，第二颗番茄就问："我们要去哪里？"第一颗番茄没有回答，第二颗番茄又问了一次。第一颗番茄还没回答，所以第二颗番茄又问了一次。第一颗番茄终于慢慢转头说："我们不是番茄吗？我们会说话吗？"

又比如说，你不知道我下句话要说什么。

嘎？你看我做什么？文章不是结束了吗？

闪亮的日子

有你们陪我走过的每一天都是闪亮的日子。

——引子

我是一个读书容易上瘾的人，尤其是小说。每当我拿起一本书来读时，就容易刹不住车，不管时间的流逝，依旧沉浸在忘我的境界，所以经常会憋不住好奇心，每次生生抑制住自己想要继续读下去的情绪时，都感觉心里像被小猫爪抓似的，痒得不行。

究竟是什么时候开始爱上读书的呢？我也记不得了。我只记得刚入小学那会儿，十分风靡《淘气包马小跳》，我也是一个铁杆书迷。怎么来形容呢？就是说在后来练习自己独自一人在家的日子里，它，或者说它们立下了汗马功劳。

当时的我啊，胆子小得很（虽然现在也不大……），不敢自己一个人在家，总觉得害怕。我们家是复式的，从我的房间向楼道看去，有一片阴影，在加上木地板常发出“嘎吱嘎吱”的响声，就像有人在上面走一样，所以让我很是害怕。经常是写一会儿作业就颤抖着身子回一下头，然后又胆战心惊地转回来，最后恐慌了，躲在桌子的底下，也是常有的事。但是每当我在读小说时就不一样了，在这里尤其是《淘气包马小跳》，由于我的全神贯注，所以也顾不得别的什么事了，这样一来二去，《淘气包马小跳》就成了我独自一人在家时的必备利器。现在想来就会觉得好笑，哪会光是这套书可以啊，别的哪一本小说，我拿来不也照样聚精会神，“两耳不闻窗外事”？

这段青涩无知的年幼时代，有了书籍的点缀，也成了生活中难以忘怀的闪亮的日子。

长大了以后，看的书技术含量就高了。从 9 岁多开始读勃朗特三姐妹中夏洛特的《简·爱》和艾米莉的《呼啸山庄》，到往后众多名著书目的阅读《小妇人》《飘》等等，再到我终于找到了在这一代书籍中我最欣赏的作家简·奥斯汀，我真的发现我收获匪浅。

我一向不大信有那些美丽到极致的文段，而且我一般读不下去，但看过《简·爱》的那一大段描写仲夏日的美景的文字我忽然就感慨了——这便是人间仙境了吧。我素来喜欢安静柔和的景色，这样美好的仲夏日确实深入我心。《傲慢与偏见》里，简·奥斯汀把人物形象刻画得那样活灵活现，让我每一次的阅读都感觉她们就在我眼前生活，因为她那样的写作是如此贴近真实……

这段初尝知识的青葱岁月，幸而有这些书籍相伴，让我有了如此美好的闪亮的日子值得深深回忆。

童年的时光是最闪亮的日子，谢谢你，谢谢你们，有你们陪我走过的每一天都是闪亮的日子。

忘不了拿着笔小心翼翼地在纸张上勾画出精美语句的日子，忘不了缩在楼梯下的角落里抱着书啃久久不愿挪动的日子，这些日子，我都放在心底怀念和珍惜，因为那是我人生中，闪亮的日子。

有一种生活叫做兔斯基

兔斯基的名字，想必大家都不陌生，有多少个活灵活现的兔斯基表情曾浮现于网络回复和短信对话中。我们淡然一笑，手指不过轻点，便让一个个耳朵细细长长，脸长得死样怪气，挥舞着两根面条般的手臂做着搞笑动作的兔子留存在了你我的生活当中。

兔斯基的作者王卯卯，在小时候喜欢科幻小说，尤其喜欢阿西莫夫的短篇小说《请用“S”拼我的名字》，主人公Zebatinsky，在故事里把名字中的“z”改成了“s”，从此命运发生很大的转变。因为这个故事，她对“斯基”这个名字的后缀很有感觉，于是她的兔子就叫兔斯基（Tuski）。

兔斯基的表情符号有很多——经典的有“顶”，“奋起”，“震惊”，“抹汗”，“悠闲打太极”，“拿板砖一头撞死”，“含泪挥手再见”等等，这么多的表情图组成了卯卯活灵活现的生活，也渐渐让兔斯基成为了一个独立的个体，拥有了自己的个性。

有人这么说，一个小姑娘用一只兔子画出了自己的生活，我们也就能用这些画表达自己。越是简洁的线条，越是充满无限的可能。相比这世界上的其他，已经有很多用丰富的脸部表情来表达信息的图标，那么兔斯基便做一个异类，他甩着他两根面条般的手臂，简洁又坦白，还带着点率真的个性，向生活表达着他的喜怒哀乐。这是他的生活。在世界上一站，竟也会站出一种绝世的孤寂；一摆手臂，竟也就会让每个人感到莫名的亲切。

兔斯基脸上没有别的什么东西，只有两条单线；永远是这两条线，有些茫然，有些无奈，有些平静，也有些释然。是啊，生活中充满着茫然与无奈，意外时常发生，变化莫测的生活，你永远也不知道下一秒会发生什么。

兔斯基深谙这个道理，他让他的生活变成顺其自然便好，所以他心中没有杂念，宠辱皆忘，反倒是释然了。他每天都付出自己的努力，无论结果好坏，生活总要继续。

当我们在怀着看自己的眼光再看这些兔斯基表情时，会不会觉得，这活脱脱就是另外一个自己。生活的茫然无奈和欣喜非常，就这样在我们眼前展现。

兔斯基的人生观——顺其自然，宠辱皆忘，自得其乐；如果生活令你不快乐，那你就自己给自己些快乐，再用自己的热情、随和感染别人，让别人感到快乐；如果每个人都把快乐的一面展现出来，那生活也会变得更温暖快乐一些吧。

其实生活中处处充满着神奇，并非是生活太庸碌，只是活得还不够投入。那么就让眯着眼睛的兔斯基带着我们，好好地、认真地活一次。

【视频】

兔斯基的生活，有手舞足蹈之欢乐，有张牙舞爪之抓狂，会宝贝自己的宝贝，会突然要奋发崛起的念头，会有孤独和寂寞，但不会忘了继续努力。会和自己的朋友邪恶地商量着恶作剧，会含泪说再见，会摇头晃脑听音乐，会干坏事，会悠闲自在，会被别人逼得一起发疯。会有面对大量作业的无奈和崩溃，会被嫉妒和挖苦万箭穿心。会有暗自偷乐的时候，会有想拿块豆腐一头撞死的念头，会在无事之时发呆或乱想，会对心爱之物表达自己的爱意。

兔斯基的生活何尝不是我们的生活，一样有抓狂到崩溃的地步，兔斯基可以无奈得摆摆手淡然一笑，我们也可以。生活中有时会茫然无助到忘却自我，会感觉有万马奔腾踏过，只留下扬起的尘土一片。但与其消沉，不如握拳说奋起，然后再给生活——我们可以将它看作是那个淡定地吃棒棒糖的家伙，开一个小小的玩笑。

有一种生活叫做兔斯基，有茫然，有无奈，有欢喜，有疯狂，这种叫做兔斯基的生活，带给了我们惊喜，带给了我们温暖的每一天，而生活是由小小的每一天组成，过好了每一天，不也就是过好了整个人生吗？

一件小事

这是一件小事，一件温暖了时光的小事。

——引子

“你需要帮助吗？”一个温柔的女声问道，有一些口音。我抬头看她，她站在我的床前，很清澈的眸子。

我不知道该怎么办。事实上我可以说，我的脑子成了一团浆糊。昨天中午的体育课，就在下课前的五分钟，考前的最后一次试跳，我从跳马上摔了下来。到了医院后，医生给我做了个护具，让我先把胳膊放在胸前，可以安稳些，减少疼痛。但想想看，毕竟有骨头断折了，又怎么可能不疼，晚上疼痛难忍，难以入睡。早上醒来，脑子昏昏涨涨的，盯着天花板，愣愣出神。刚才过去不久，护士叫我过去写病历，可我坐在病床边上，看着其实离得很近的鞋子，不知道该怎么办。就在我试图蹭下床去，用笨拙的左手够鞋子时，她走到了我的床前，温柔地开口，见我不出声，又轻轻地问道：“需要帮助吗？”

我回过神来，赶忙感激地点了点头，她笑了笑，弯下腰来捡起我的鞋子，又低头要给我穿上。我有些惊讶，客气地想要躲闪，连声说着“不用不用，我自己来就好，自己来就好”，面前这女子看着我这样子，不由失笑。

“你这孩子，这么客气做啥？你们都是小病号，都歇着吧！再说啦，孩子，你现在一只手也穿不上啊。我来帮你，来！”

我知道她也是做母亲的。她的孩子就在我旁边的床上，才3岁，腰间盘突出，远远地从家乡跑了过来，去年打了钢板，今年来拆。此时此刻，她的女儿蹲在地上，吭吭哧哧地搓着衣服，见我看着她，可爱的小脸上堆满了笑容。我心里感叹，真是个可爱又懂事的孩子。又偏头过去看她的妈妈，脸上一样的笑容，晕着一抹健康自然的红，嘴角弯弯地翘起，眼睛也弯弯地，明亮地，温暖地，看着我，手上还拿着我的鞋子。

我朝她笑了笑，向她靠近了些，她就又一副“这才对嘛”的样子，缓缓地将我的鞋子穿上，边穿边说着：“我来帮你，只是我该做。”穿好后，转过身来，抱起来小姑娘，“开，跟姐姐说好！”

“姐姐好！”天真烂漫的表情，似乎不知道苦痛与愁闷是什么。

我现在坐在桌前，记录下属于这对爱笑的母女的时刻。或许我只不过是她们生命中的一个过客，如同这件小事，但却对我来说，是一件温暖了时光的小事。

有时候，就是这样，自己没有注意的一件小事，或许就对别人影响极深。我们是否也在点点生活细节中，给予别人些小小的帮助，也就能带给别人些大大的温暖。如果我们每个人都这样为别人做一些力所能及的小事，那世界就会更温暖了吧。

向目的地进发

我见过很多风景，有的雄伟壮丽，有的灵动秀美，有的白雾缭绕，红霞满天，可从未有一幅风景，比得过记忆中那幅，让我在向目的地进发的途中，经历过一次质的飞跃，如此，这般深刻。

“嘿，”我回过头去，看见妈妈叉着腰，一脸不耐烦的样子，“MIT（美国麻省理工学院）究竟在哪儿啊，都走这么会儿了，你去问下路吧。”我的脸色一下子不好看起来。虽然在来美国之前，曾是信心满满，可是刚下飞机时的那个打击令我信心骤降，感觉我的目的地，用英语自如交流，似乎离我，又遥远了一点。

受了打击的我，虽是灰心，却不甘就此放弃，在爸妈上前去与人家交流的同时，我开始习惯于在一旁竖起耳朵来听，不肯放过任何一个机会，交谈中的关键就在于听，先会听了，说自然就会简单许多。一次吃饭时，我甚至先于妈妈理解了服务员的话，这让我惨淡的信心稍微燃起了一些火苗。

爸爸平素一向喜欢用英语日常交流，闲暇之时，我也会主动要求，我们一家三口有时就用英语交流，倒也有一番共同学习进步的感觉，这样下来，会听了，又有些说的练习，小小得意的我，在向目的地进发的途中窃喜着。

妈妈又在那里催促着我，爸爸也在一旁帮腔。“可不是嘛，怕什么，反正人家又不认识你的，说错了又怎么样，你总得试试。”

我抬起头，看向列队站得齐整的树木，郁郁葱葱的样子，微风吹过，沙沙的声响，似乎在轻声赞同着。道路上出现了一个身影，金色的头发，粉色的衣衫，是一个年轻的女士。耳边似乎传来爸爸的声音，“在向目的地进发的途中，会遇到挫折，但不能放弃的是一直坚持的自信和跌倒再爬起来的勇气。”我咬咬牙，迈开步子向她走去。

这一次，我没有犹豫。我向那个女士走去，我的目的地似乎已经不只是那个金发女士，那个张开口说英语的地方，而是推开一扇心门，跨过一道叫做胆怯的心坎，在向一个镶满自信无畏的目的地进发，又或者说，在向我未来的漫漫人生路的一个个理想进发。

我流利自如地提出了我的问话，那位金发小姐也很热情地给了我解答，给我们指点了方向。我笑着对她道了谢，那笑意是轻松的，是舒畅的。

我走过很多路，有的蜿蜒曲折，有的笔直平缓，有的鲜花种满，落叶纷飞，可从未有一条路，比得过心灵中那条，让我在向目的地进发的途中，经历过一次心的蜕变，如此，这般深刻。

再甜点怎样

当我们拱起小鼻子凑向餐桌上甜香四溢的泡芙时，当我们舔着嘴唇回味着蛋挞甜悠悠的味道时，有一种美好的滋味在我们的周身蔓延开来，那是甜蜜所带来的幸福，像一杯温柔圆满的可可，香气浓郁萦绕，所以，让甜腻腻的生活，再甜点怎样。

看完这本《甜点再甜点》我笑了，不得不说，它真的是太可爱，太幸福了。

【甜点真是太可爱了】

买来这本《文艺风象·甜点再甜点》其实是抱着“窥探”一下小文艺的内心，却没有想到这本书真的太可爱太萌了。不细看文字，只是略略翻过这本杂志就能被它的“甜腻腻”所深深折服，粉色的边框，粉色的背景，松软的蛋糕和五彩缤纷的马卡龙，哇塞，真的是太可爱了！

最可爱的地方从来不在于图片，而在于它的这种氛围，会让你一翻开就被迅速地卷进这个属于甜点特有的可爱的漩涡里，各路甜点身世大揭秘，配着精巧小图片的甜食字母表，还有萌翻了的报纸《甜国日常》如此等等，用这些很可爱的角度，完美地诠释着“甜点再甜点”的幸福感觉。

【甜点身世——黑暗料理界王者的布丁黑历史】

你知道吗？细腻嫩滑，香甜可口的布丁在诞生时其实就是香肠。

中世纪的英格兰被萨克逊人（日耳曼民族的一支）所控制，日耳曼民族对于香肠的热情由来已久，所以当时萨克逊人所传授下来的香肠制作方法就被英格兰人称之为布丁，比如黑布丁就是将洗净的肠皮用猪血填充，系紧封口后进行烹煮。虽然那时也有带些甜味的白布丁，但直到 16 世纪，布丁才开始蜕变，甜点再甜点，逐渐成为类似蛋羹和果冻的美味小甜点。

至此，布丁终于可以抛掉黑暗披风，窝在角落里喟叹一声幸福了。

【甜腻腻的幸福感】

甜甜的幸福来源于生活，我们的生活，出现了越来越多可爱的“甜心”，越来越多甜甜的话语，让地球都不得不被感叹一句渐渐步入“娇滴滴的糖球”的脚步。

生活的甜腻腻高雅一点说是一种美学，一种艺术享受，通俗点说，它不过是一种让心房暖暖的饱满的滋味罢了。当巨型 Hello Kitty 出现在了手机的后盖上，当本来很爷们的剃须刀默默变成了草莓味的时候，我们的世界成功得甜腻化了，大家的日子充盈着甜蜜的调调。抛开这些有些令人“hold 不住”的甜腻腻的物品不谈，甜腻腻的行为，确实也带给了我们很多幸福感。我们有些时候会品读些甜腻腻的话，会听到些甜腻腻的歌，比如说《暖暖》里的“细腻的喜欢，毛毯般的厚重感，晒过太阳熟悉的安全感，分享热汤，我们两只汤匙一个碗，左心房暖暖的好饱满”就是一个很典型的甜甜句子，这种甜蜜，不管自己或是本身都是一种甜蜜的温暖舒适，会有一种向沉溺进去的幸福充实感。当很多甜心现在开始在各种社交网络上“高调秀幸福”，大家开始欢心地在众人面前倾泻出自己的幸福感。这种甜蜜的幸福感不一定多么庞大，只是一些甜甜的、可爱的点滴小事，都分享出来，也会觉得让整个世界都多了些甜味。

其实甜点不仅在于眯着眼轻哼出声，享受着味觉上的满足感，更多地体现在一些生活的体味上所带来的幸福感。不是有一个词叫做“甜美”，就是这种甜美的感觉，融化了冰寒，在阳光下，让全身心都放松舒适起来，有些慵懒，有些萦绕不去的滋味在心头。

现在，甜点已不再是可口和可爱的，却已是一种融在心里的幸福饱满。

再甜点怎样，管他是不是有“一大波糖衣炮弹正在逼近”的可爱，管他是不是有不为人知的阴暗过往，我们只知道，这种甜腻腻的幸福感确实满足了我们，那便好了。

嗯，这苹果派果然是极好的，懒散的早晨咬上一小口，真的是再甜美不过了。

家的魅力

家是多么普通。每日相伴身旁，似乎习惯至漠然。可当蓦然回首时，却发现有多少幸福美好晕染其中，家的魅力，早已深入骨髓，永生永世都割舍不下。

小时候的我，对新鲜的事物总是有着浓烈的好奇心，会窝在妈妈怀里，看着妈妈包馄饨，也伸着小手笨拙地抓着馄饨皮摆弄着，却只是包出一个长相懒散丑陋的软坨坨。妈妈瞧后笑着手把手耐心教我，放馅，包合，折叠，捏摁，一步一步，柔软的嗓音在房间中一声声道来，我看着手里金元宝似的馄饨，最终心满意足地笑了。妈妈端着馄饨走进厨房，不一会儿，厨房里传来一缕馄饨香，香味，诱人。这时，家的魅力对于我来说是一阵饭香，吸引我靠近依偎，那是我小小的成长与妈妈的耐心温柔。

长大些的我，开始为艰深的数学题而烦恼。深夜，面对一道几何题而束手无策。这时候，总会有“全家出动”，爷爷奶奶都是数学老师，爷爷更是大学教授，妈妈原来也是一顶一的好学生，我们四个凑在一张桌前，面前摊开一张张草稿纸，这时候，客厅的灯柔柔地亮着，发出暖暖的光，洒在这一屋老少身上。我抬头看来，爷爷奶奶的头发花白花白的，一个闭目沉思，一个握着笔，盯着图形，不时勾勾画画些什么；妈妈用手撑着头，眼神里流露着专注。室内一片寂静，徒有笔尖划过与纸张的轻响，还有那一屋柔光。那时我懂得，家的魅力是一室明灯，那是家人的陪伴，它在一个个漆黑夜晚温暖着我。

前些日子闲来无事，我们一家三口去公园，租了个四人自行车，妈妈总是有些懒惰的，每当我们三个轮着骑的时候，速度总是最慢，爸爸就在那里大喊："使劲，使劲，使，使！"逗得不行，这下妈妈一笑，就开始耍赖，爸爸就无奈接手，开始飞快地蹬了起来，速度不知一下子起来多少倍。那日风还是蛮大的，这一快，风就呼呼地吹过，正是秋季，就更是舒爽极了，我一看爸爸前面努力蹬车的样子，身子一晃一晃地，看起来奇怪极了，便不由哈哈大笑起来。这又是一阵风拂过，扬起了发丝，扬起了笑声，也扬起了家的幸福快乐。这时我想，家的魅力便应是一面清风，轻松，无忧，自在，洒脱，推动着我们，会有迎风跑进，会有苦不堪行，可我们也是一家人。

家的魅力其实在我们每一个人心中都是一番模样，它吸引着我们，包容着我们，每一次想来都别有一番味道。我们每一个人都会为家的魅力而深深着迷，哪怕有挫折，哪怕有疑惑，哪怕有艰辛，因为在这里，是笑语嫣然，也是阳光无限。

因为在这里，是幸福永恒。这，便是家的魅力。

沁园春·西湖

庭院深深，碧色浅盈，清波淡起。转小桥上下，荷花情真；雕廊内外，柳叶愁长。水映鲤跃，山目莺啼，欲将静湖披动装。须往日，淡妆浓抹，分外明朗。

西湖如此多娇，引无数才子竞折腰。望西岸苏堤，东坡醉倒；北岸白堤，乐天不忘。一代大家醉翁欧阳，亦把西湖反复描。一言罢，听江南灵美，西湖一唱。

作文、创新与人生

——12 月 22 日与父亲漫谈后有感

“这是一篇失败的作文。”

我有些发懵，虽然已经料到了这个评价，但没有料到会来得这么直接。爸爸向来对于我的文章很有欣赏，拿出这篇来给他看时其实心里有些纠结，因为这是一次低水准的发挥，好的预想，差的成绩，我知道。

他想了想说道：“其实你看，你很有自信，一个自信的人在做一件事情时往往有三种结果：第一种是自己认为好，别人认为好，实际确实好；第二种是自己认为好，别人认为不好，但事实上回过头来大家再看它确实很好；第三种是自己认为好，别人认为不好，自己事后想这件事时发现它确实不够好。这是这三种可能性。显然，你不会是前两种。”

我开始控制不住，鼻子一酸，感觉有泪水涌上眼眶。在拿笔写下这篇作文时，我自以为这会是一篇很好的文章，因为事实上我写到最后自己很感动，拿纸巾擦了好几次眼泪。我没有想到会有这么差这么糟的结果，我没有想到，完全。

他见我开始有哭泣的冲动，皱了眉头：“你太脆弱了。一个自信的人不应如此，一个成功的人更不应如此。成功的人会因为创新做蠢事，而且越成功的人越容易做出极蠢的事。但你要记住，在做出蠢事时不可放弃自信，而应吸取总结教训，坚定着自己的自信与成功的心态，继续前进着，坚持着自己的创新。”

“你比方说包饺子，一个人按照规定的包法包着饺子，这是平庸的，他永远只能平庸地包着平庸无奇的饺子，大家习惯的饺子；另一个人想要创新，他说他要包出冰激凌馅的饺子……”我笑了，冰激凌馅的饺子……“可他会失败，因为没有人接受他的饺子，他的这个饺子是失败的，但他自己不会是失败的，因为他会继续着他的创新，直到包出那个创新被接受的饺子。”

“不说饺子，说一说我们优秀作文选里的作文怎么样？”

“优秀作文选里的作文？我有三个观点：第一是很好，写得很好；第二是很技巧，就是说文章里面用了大量的技巧，模仿的痕迹重，会让人感觉是一种技巧的堆砌……你这篇文章也是一样……第三是，没有一篇让人真正觉得精彩的作文，很肤浅，就像是糖，没有巧克力的回味与浓香。”他想了想，补充了一句，“就是缺少令人回味无穷的创新。”

“我首先很赞同那位语文高考状元的观点，或者说这正是我的观点。语言，是为了表达，是为了表达精神，它对于任何人来说都应该是工具而不是目的。语言本身没有任何意义，没有正确的语言，只有一种正确的传达，你在用语言，传达一种情感。文学作品的创作本身就是在否定语言规律，因为规范与正确总在不断变化，规范与正确在它被认定是规范与正确之前，它会被认为是荒谬的，是错的。从文学本身来说，我认为有三个人是真正的文学家，胡适，鲁迅和现在的王朔，因为他们敢于在敲破一种习惯，他们敢于创新，他们敢于向更高的一层上去发展，去迈进。”

我埋头刷刷地记着，心里很是赞同。他站了起来，背着手，在房间里踱着步。房间里一时安静，只有沉思，沉思和沉思。

“语文本身就是一种艺术，而艺术都是相通的。”他突然说道，“你比方说音乐方面，往常的音乐就是四二拍四三拍四四拍（此处省略一串节奏与曲调模仿），但是你看格什温，他却不走寻常路，创作了《蓝色狂想曲》那么特别的夸张的乐章，那种强烈的爵士乐切分节奏（此处再次省略一串节奏与曲调模仿），很创新，也很成功。再看美术方面，在西方，什么样的画作最常见最广受好评，肖像画，那种画得那很像很传神的肖像画，可是一代大师毕加索，画出的那种奇怪的造型，别具一格，强烈的视觉冲击，饱受争议，但不可否认的是他很成功。

“所以说创新就是艺术，艺术就是在创新；要创新，但也要懂得在创新后收住，回归到那个中心的核上面。”

我打断他：“那么回归到作文呢？”

“作文其实是一样的，你最首要的目的就是要抓住中心思想，抓住本质，抓住出题人的心理和他的意图……”

“这和我们老师说的是一样的。”我忍不住插嘴道。

“一样的吧。那么下面一步就是想素材，想一个紧紧围绕着这个中心的有创新的素材。”他对着他的水杯比画了一下。“你要围着这个水杯飞，最后扎回到你的中心；你不能飞得太远，最后扯着你飞的那个圆回到你的中心，那样的圆不好看，也不是圆，因为你的创新要在高于他出题人本身的20%—30%，到达了50%就太过了。”

“我在写这篇文章之前确实没有揣摩过出题人的意图。”我不由点头。

“看，这就是你跑题的原因。接着我刚才说的，这就像一部电影，你看《王的盛宴》这部电影，和《1942》还有《泰囧》同期上映的那个，陆川其实心里很赞赏这部电影，因为他在本身鸿门宴的基础上有很多的创造，他的预想值很高，但他失败了，因为‘雅极必反’，这超出了观众可以接受的范围；而泰囧，却赢了，赢得彻底，为什么，因为他抓住了观众的心理，所以他把握了票房，最后成功。作文一样如此，你的目的，就是取悦阅卷人，获得高分，这是你坐在考场上完成这篇作文的唯一目的。你在完成这篇文章时要谨记，你是在取悦他，取悦他需要创新，而取悦他的创新需要被接受。比如说在咱们今天刚看的《私人定制》这部电影里，李成儒想要大雅，最后他的雅不能被别人所接受，云里雾里，弹棉花，很多混乱的东西，不能被理解，因为这超出了可接受的范围。

“记住，在普通的基础上多出20%—30%的创新就是最好的，因为好的创新需要扎根于现实。”

他走到窗前，看着窗外的夜景，缓缓说道：“创新有风险，因为会有挫折在路上横行，但进步来自于挫折，挫折来自于创新。你刚才因为这点小事就要哭就很不好，太脆弱，脆弱的人经不起创新中挫折的考验。正如你的作文题目《翔》一样，飞翔正是创新，而创新正是飞翔，你需要高低起伏，就像烟火，从低处到高处，才开得最盛放。这就是人生，创新，不断开拓自我，与众不同。”

我追问他：“那跟作文的关系呢？”

他“嫌弃”地看了我一眼：“你还不明白吗，作文如人生，要立足于现实，但要学会创新，与众不同，才能脱颖而出，铸就成功。”

他想了想，又加了一句：“况且你这篇作文也没有创新，很俗的素材，很俗的成绩……”

“爸我真的知道啦！”

她的世界——看中国古代第一才女李清照

“莫道不销魂，帘卷西风，人比黄花瘦。”这句词堪称宋词里的经典名句，是中国古代宋词文化里最靓丽的一笔，而写下这一笔的，不是些什么气壮山河，挥挥衣袖就不得了的男人，这般柔软的声音，当是来自于女人的声音，当是来自于有“中国古代第一才女”之称的李清照的小世界。

在中国古代的传统文化中，“男权至上”的威严占据了主导的潮流，而女性多被认为是柔弱不可担当些什么的，应该是私密的，藏在闺中的。可又有三位女性我认为不得不提，一位是中国古代唯一正统女皇帝，拥有强硬政治手腕的武则天，一位既是孝顺女儿又身负家国使命血洒疆场的花木兰，还有一位，没有前两位那么贴近刚毅的男子气息存在，靠的是寸寸笔头，那便是古代文坛“一姐”，李清照。

李清照对于文学史的贡献成绩斐然，有趣的是，她的文字我们似乎一直是分成两段在看，前期的她多是些悠闲自在的生活，也有些是在诉说对于丈夫的相思，总体上看，这时的她，可以称得上是一个灵动的俏皮的居家小女人，拥有属于自己的一方文字天地，夫妻俩的生活蜜里调油，家庭幸福而美满。

说到李清照可以如此无忧无虑地创作，我们不得不感谢在她背后的两个男人。一个是她的父亲李格非，士大夫，爱好文学艺术。李清照自小在这样浓浓的文学氛围里熏陶长大，耳濡目染，又天资聪颖，再加上父亲的支持鼓励，塑造了一个活泼的，天真的李清照。还有就是她的丈夫赵明诚，他不像其他人，把自己的妻子看得很轻，他很大方地把李清照的诗词拿出来，给他的朋友们欣赏，而且毫不吝啬地夸奖赞美自己妻子的才华，并以此自豪。他本身也喜爱文学，喜爱收藏，所以李清照的婚后生活可谓是好得似神仙一般快活，与丈夫志趣相投，把酒言欢，和和美美。在这样一个环境下，李清照的才华得以舒展开来，得以在生活愉悦，得以在这个你推我搡的世界里，靠自己站稳脚跟。这时的她，是真的没有什么好惧怕的，悠闲，畅快，轻松。

"和羞走，倚门回首，却把青梅嗅"，从这句词当中，我们似乎能看到一个灵动俏皮的姑娘，从漫天笑意的打着秋千，见到有客人来了，立刻垂首羞得掩了脸颊，"袜刬金钗溜"，却又好奇地驻步偷看，还故作从容之态，顺手折下一枝青梅，凑到鼻尖轻闻，整首诗很完美地把一个小姑娘的天真活泼，灵动俏皮给展现出来了，品读后，可以感觉到有一个有着让人晃花了眼的幸福笑靥的小姑娘正轻倚在门边。这样的明快，是"大江东去，浪淘尽"的大文豪苏轼等的男性诗人，所表达不出来的。

可以说，在整个生活崩塌成满地碎片之前，李清照的小世界，似乎就是和丈夫整日浓情蜜意，一起凑在一些精巧的书画金石前研究赏玩，一起无忧无虑做猜诗游戏，一起在纸卷上勾勒小诗的美好画卷。

但随着金兵入侵，她的世界崩塌了。她不再是那个娇俏着声音说着“知否，知否，应是绿肥红瘦”，那个趴在窗户上看“雁字回时，月满西楼”，“才下眉头，却上心头”的哪怕有愁绪，都是简单美好的女子了。她拖着她的藏品远离残破的家乡南渡，但有随着丈夫的死去，她一个弱女子，拖着丈夫的遗物在战火中奔逃，对金兵的愤怒，在她的身上，也渐渐被像潮水一般涌来的无助和凄凉所淹没。她一生挚爱的珍宝，象征着她一生挚爱的丈夫，只能在战乱中，被偷走，被骗走，忍气吞声，无可奈何。

在这样的情况下，李清照的诗词里的明快活泼消失了，被浓浓的哀伤痛苦所取代。一句“寻寻觅觅，冷冷清清，凄凄惨惨戚戚”道出了她所有的苦闷，“寻寻觅觅”终无果，那漫天的笑意变成了漫天的哀愁，把她一层层缠绕，一层层包围，最终只能独自坐在“冷冷清清”的庭院里，轻声抽噎，抬手轻拭眼角的泪水，叹一声“凄凄惨惨戚戚”。

在怎样的心境下能让她写出如此的句子！在这里，这句词似乎已不只是一句词，而是心情一路堆叠的情感，密密麻麻的，这样一种情感，堆叠的是一种寻找，一种徘徊，一种彷徨，一种缠绵，她把她对于国破家亡后，一个孤独女性心情的茫然寄托在了词句上。而此时“雁过也，正伤心，却是旧相识”，不由会叹一声物是人非吧，这大雁飞过，是人走了，可又怎料到却是“雁字回时”的大雁啊。她会不会想到她和丈夫建造起来的童话，她会不会想到丈夫生前的嘱托，“必不得已，先弃辎重，次衣被，次书册卷轴，次古器，独所谓宗器者，可自负抱，与身俱存亡，勿忘之”，可如今已是七零八落，会让人觉得，她丢的不是文物，而是她跟一个知己共同建立的梦想，在一步步破碎、瓦解，最终归为她心境上的荒芜。她其实没有什么宏伟志向，她没有保家卫国的雄心壮志，她只有一个安稳地守住她和知己建立的美丽小世界的理想，可当这个理想都被现实冲散得支离破碎时，她的哀怨是很深刻的，“这次第，怎一个愁字了得！”

李清照没有男性的掷地有声和广大的家国情怀，她只是一介女流，在中国古代一直被忽略的角色，但她何其有幸，可以在男性的高亢有力的呐喊中，缓缓道出一个属于女性细腻委婉的声音，她带领你，在以一个女性的角度去看这个纷乱的世界。明快的，也是哀伤的；清丽的，也是直率的。这一个属于李清照自己的世界，属于她可以不顾许多，用笔墨勾勒生活的世界，或喜或忧。

这是中国古代第一才女李清照，这一次，我们不看她的文学造诣有多高，她的诗词有多精致，我们来走近她自己铸造的那个世界。

青春的诗行

如果说童年是一幅绚丽多彩的画，那么青春就是一首最动人的诗，那么多的激情，那么多的朝气都一笔笔地飞扬在青春的诗行中，每一次用手指轻抚，每一次低低呢喃出声，都有一种更深的领悟从心底溢出，像光，像风，却更像青春的诗行。

青春的诗行，第一笔是灯光，迷茫，不敢落笔，生怕笔尖一抖就会毁了整首美丽的诗。我看到你坐在高中部的教室里，陌生的环境，陌生的人群，冰凉的手微微蜷着，藏起慌张的汗水，你转过头去，有些拘谨地向你身后的女孩子打招呼，你们交换了名字，却没有了对话。台上的人一个个大方地做着自我介绍，到你了，你难以抑制紧张的心跳声，走到了教室前。满室的陌生脸孔在你眼中仿佛是满室的惶恐，颤颤巍巍地做完了自我介绍，默默地坐回了位子上，长舒了一口气。那时的你是那样的胆怯羞涩，对即将开启的全新初中生活感到十分担忧，你怕了，笔尖的墨水忽地地滴了出来，刚写下的几句青春的诗行仿佛在颤抖，无助地叹着。

青春的诗行，第二笔是阳光，兴奋，急切地书写着青春的热血朝阳。我看到你满头大汗地奔跑在炙热的阳光下，气喘吁吁，试图去追赶前面似乎落得越来越远的身影，你一急，咬了咬牙，奋力抬起沉重的大腿，向前奔去，呼吸越来越急促，你觉得你要坚持不下去了，你在心里默默地念着："加油，你是最棒的，回去以后一定奖励你！"眼看终点愈来愈近，你豁出去地摆动手臂，使出全身的力气向前奔去。到终点了！你喘着缓下来，向前缓慢地走着，难受地干呕着，有人过来搀扶着你，你摇摇晃晃地踱着步，调整着。那时的你是那样的充满青春的活力，全身的苦涩，但心里却是满满的释然与喜悦，青春的笔尖激动地划过纸张，字里行间满满的朝气蓬勃，青春的诗行，是那么充满力量！

青春的诗行，第三笔是星光，期许，闭上眼就是无尽遐想。我看到你坐在书桌前，看着窗外的浓墨中那一抹突兀的晶亮，嘴角上是你未察觉的笑容，你仿佛看见了你的梦想，她在轻轻地笑，向你点头示意，你的心里是融融暖暖的甜。你的眼神透出一股坚定，握紧了手中的笔，垂下眼睛继续着刚才的事。笔尖的划过，是那样小心，小心地保护着那个梦想，好像一个慌张，她就会像玻璃一样碎了一样，可又是那样的迫不及待，想高声地喊出，想大声歌唱，这就是青春的诗行！

青春的笔还没有停下，事实上它才刚刚开始，青春的诗行，仍在继续，所有缤纷的情感，溢满纸张，青春的诗行，是人生最动人的篇章。

笔尖之旅

窝在妈妈怀里吸吮奶的我恐怕从未想过有一天，执起笔，看笔尖划过的一次次笔尖之旅，便是一生。

一年级的时候我写下了我人生中真正意义上的第一首诗：《四季的颜色》。看着那稚嫩的字体和天真的文字，我忍不住感叹时光的飞逝。犹记得那天看着路上夏天所独有的浓墨重彩，我脑中第一次滑过了这样的想法：我要写一首关于四季颜色的小诗。"'夏天夏天，你为什么是彩色的？'夏天说：'小花小草，有红有绿，所以我是彩色的。'……"它被小心翼翼地抄写在了我最喜欢的一个本子上。当时其实没有多想，现在想来，当墨色钢笔的笔尖轻轻地触碰着纸张，一笔一画记录着四季的颜色的时候，心里也会是涌出了五彩斑斓的遐想吧。那时候的笔尖之旅，也不过就是穿行在稚嫩天真的画卷中罢了。

从小到大的所有作文本我都仔细地保存着，占据着独一无二的重要地位。翻着原来的本子，看原来笔尖曾经到过的地方。三年级时的"小动物"，四年级的"奇形怪状的热带水果"，五年级的"包馄饨的思考"，还有六年级的"盼"，诸如此类等等，原来这些都曾经是笔尖到过的奇妙世界。一次次童真的大笑，一次次苦涩的眼泪，还有小大人般的悟出道理，共同建造了一个小小的笔尖世界。每一次笔尖之旅，都是一次奇幻的穿越，丰满，充实，绕过笔尖留下飘渺而来的低吟浅唱，笔尖的每一次旅行，都让我成长和感悟，每一次笔尖之旅，都是一次新的航行，阳光照耀，风雨无阻。

初二的时候写下了我的第一篇3000字的短篇小说《温暖的幸福》，这一次的笔尖之旅却是到了一个陌生的小镇上的咖啡馆里，这一次的笔尖似乎旅行得更舒畅了，更充盈着浓浓的情感，同时，也更走进现实，更贴近社会，笔尖的行走让我仿佛真的掉进了另一个世界。这一次，我不再是旁观的欣赏者，我是一个和温暖奶奶面对面坐的客人，手里捧着她的咖啡，静静地沉下心来去拥抱一个真实的心灵。每一次笔尖的划过都是一次心灵的碰触，这是笔尖之旅所能带给我的。

前些天收拾屋子的时候翻到了一张薄薄的纸，上面的字体一看就知道是小孩子写的，大大的歪歪扭扭的，是我第一次傻傻地用刚学的字作的诗。“羊花狮子西门，鸭子上下水火……”读着这些明显胡言乱语的句子，不由失笑，一晃十年过去了，它一直静静地躺在抽屉里，见证着我一日日的成长从一个咬着笔头的写怪诞诗歌的傻孩子成长为一个可以写出流畅的深刻的文字的大姑娘，而这一次，又是一次笔尖之旅。